그 집 식구들의 비밀

어디에나 있지만 어디에도 없는, 열한 집의 특별한 이야기

그 집 식구들의
비밀

김아름, 김진솔, 김현정, 류지연, 박미경, 박은정, 박현주, 서민영, 이다정, 이지연, 한혜화

좋은땅

목차

김진솔 작가

박현주 작가

박은정 작가

김현정 작가

서민영 작가

박미경 작가

류지연 작가

한혜화 작가

김아름 작가

이다정 작가

이지연 작가

김진솔 작가

사랑해서 미워하고 죽고 싶지만 살고 싶었던
어둡고 긴 터널을 통과하는 동안
우리는 많이 넓어졌고
마침내 서로를 담을 수 있게 되었습니다.

41kg 우리 엄마

새벽 네 시 반. 실수로 켜진 화장실 환풍기 소리에 잠이 깼다. 자기 전에 화장실에 다녀오며 잘못 눌렀는지 환풍기 켜지는 소리가 들렸다. 자기 직전까지 남편과 내일 접수할 유치원 우선 모집 순위를 이야기하다 스르르 눈이 감겼다. 아, 저거 꺼야 하는데. 그리고 눈을 떠 보니 훌쩍 시간이 흘러 버린 것이다.

어제 열두 시 넘어 잠이 들었으므로 일어나기에는 너무 이른 시간이라 다시 눈을 감았다. 한 시간은 더 자야겠어. 그런데 도저히 잠이 오지 않았다. 웅웅 소리를 내는 환풍기 소리가 그렇게 신경 쓰일 수가 없었다. 몸을 일으켜 화장실로 다가가 환풍기 스위치를 눌렀다. 고요한 적막이 찾아왔다. 침대로 들어와 이불을 덮고 다시 눈을 감았다. 그런데도 잠이 오지 않았다.

41kg.

어제 들은 엄마의 충격적인 몸무게가 자꾸만 생각이 났다. 엄마가 어제 집에 오셨다. 오늘 있을 어린이집 행사에 학부모 참여가 필수인데, 하필 오늘 회사에서 단합대회가 있다. 아침 8시에 회사에서 버스를 타고 경주로 출발하는 일정이라 조부모님의 도움이 절실했다. 언제나 구원자는 우리 엄마. 다행히 아빠와 함께 차를 타고 오셨다. 워낙 먼 길이라 옆에서 차를 타고 있는 것만으로도 지쳤다고 했다.

엄마는 그런 몸으로도 저녁상을 차리셨다. 언제나처럼. 누구의 도움도 없이. 빠르고 간결하게. 부산스럽지 않게. 덕분에 편하게 밥을 먹었다. 마침 대구에 출장 일정이 있어 우리 집에 놀러 온 친구가 있어 동대구역에 데려다주고 오니 설거지가 말끔하게 되어 있고, 엄마가 그 앞에서 싱크대를 닦으며 마무리하고 있다. 그런 풍경도 너무나 당연하고 익숙했다.

어린이집 행사의 드레스코드가 '복고풍'이어서, 엄마에게 이것저것 코디해 주었다. 나에게는 조금 작은 청자켓이 있어 그것을 제안하고, 꽃분홍빛 손수건도 스카프처럼 두르시라고 했다. 엄마는 청-청은 복고풍의 끝판왕이라 부담스럽다고 했다. 엄마가 가져온 옷과 내가 갖고 있는 옷으로 최상의 조합을 찾아 나갔다. 드레스 룸에서 엄마 방으로 나르는 옷의 개수가 점점 늘어났다.

그러다 엄마가 속옷만 빼고 옷을 벗었다. 엄마의 앙상한 몸이 드러났다. 엄마는 누구에게도 몸을 보이고 싶지 않았을 것이다. 그래도 나는 딸이라 엄마의 몸을 보았다. 엄마는 일부러 멋쩍은 듯 여기저기 앙상하게 드러난 뼈를 내보였다.

"이번에 건강검진 할 때 보니까 몸무게가 41kg인 것 있지. 여기 봐. 여기가 이런 사람이 어디 있어."

엄마가 갈비뼈와 가슴뼈를 드르륵 퉁기며 말했다. 이상한 감정이 들었다. 눈물이 나오려고 했다. 울음을 눌렀다. 그냥 엄마랑 그런 밤을 보내고 싶지 않았다.

결국 엄마가 가져온 옷을 입기로 했다. 41kg인 엄마의 몸에 맞는 옷이 우리 집에는 없었다. '치마에 있는 벚꽃 무늬가 화려해서 완전 복고풍이야!' 맞는 옷이 없는 것이 아니라, 원래 준비한 옷이 제격이라며 말을 맺었다. 아무렇지 않은 척 하루를 마무리했다. 그러자 정말 아무렇지 않았다. 나는 남편과 유치원 지원 순위를 결정하러 들어가고, 엄마는 손녀에게 책을 읽어 주는 밤이었다.

그리고 잠이 들었다가 환풍기 소리에 눈을 뜬 새벽. 도저히 잠이 오지 않는다. 41kg. 충격적인 숫자가 자꾸만 머릿속에 떠오른다. 이불 속으로 웅크린 몸에 걱정이 자꾸만 덮인다. 마음이 스르르 아파져 온다. 도저히 다시 잠이 오지 않았다. 염려에 휩싸인 생각은 끝을 모르고 달려 나갔다. 안 돼. 이불 속에서 나도 모르게 좌우로 세차게 고개를 저었다. 몸을 일으켰다. 잠도 오지 않고 무엇을 해야 할지도 몰라 어둠에서 불쑥 나와 버렸다. 그리곤 내려앉은 마음으로 기껏해야 글이나 쓰는 나.

엄마가 오래도록 건강한 모습으로 곁에 계셨으면 좋겠다. 간절한 소원이다.

나도 좋았어

아이는 카시트에 앉아 단잠에 빠져 있고, 남편은 운전하며, 이런 시
간에는 늘 그래 왔듯 아이가 얼마나 사랑스럽고 우리가 얼마나 복 받은
부모인지에 대해 가슴 벅찬 이야기를 나누던 어느 날이었다. 남편이
말했다.

"벌써 4분의 1이 다 지났다."

아이가 스무 살이 되면 대학 진학 등의 이유로 집을 떠나리라 믿고
마음의 준비를 하는 남편. 그의 셈법에 따르면 아이의 다섯 살이 저물
어 가니, 우리와 함께하는 시간도 4분의 3밖에 남지 않은 것이다.

"그렇네. 말하자면 1분기가 끝난 거네."
"…."

잠시 차 안이 고요해졌다. 아이를 품에서 떠나보낼 시간이 성큼성큼 다가오는 것 같아 갑자기 마음이 시큰해졌다. 괜히 코끝까지 찡해지는 기분에 불쑥, 질문을 던졌다.

"1분기는 어땠어?"
"난 좋았어."

잠시의 고민도 없이 내놓은 남편의 답을 듣고 순간 오만가지 감정이 휘몰아쳤다. 좋았구나. 난 아주 그렇지는 못했는데. 바닥에 깔린 먼지에 훅 바람을 불어넣은 것처럼, 애써 묻어 둔 아픈 기억들이 허공으로 떠올라 소용돌이쳤다.

아이가 생기기 전에 갈라섰어야 한다고 후회하던 순간들, 나같이 쓸모없는 인간은 죽어야겠다는 다짐, 도움도 안 되는 한심한 내가 없어지겠다고 스스로 죽으면 그것도 민폐라는 생각, 그래서 주어진 삶이 빨리 흐르게 해 달라고 빌었던 위험한 소원, 27층 아파트에서 뛰어내리는 것은 겁이 나서 수면제 모으는 방법을 생각해 버린 나, '죽고 싶다.'라는 생각을 하루 종일 하는 것이 좀 이상한 것 같다는 깨달음, 차라리 약의 도움을 받아야겠다고 생각했던 날, 자살예방센터에서 제공하는 아주 짧지만, 즉각적이었던 전화 상담.

퇴근길에 정신과로 가려다 상담센터로 향한 날, 처음 부부 상담을 받던 날, 눈물과 마음을 펑펑 쏟아냈던 몇 달 동안의 부부 상담, 그때마다 세 살배기 아이를 늦게까지 봐주신 어린이집 원장님과 선생님, 상담이 끝나고도 완전히 끝내지는 못했던 부부 갈등, 양가 부모님께 더 이상 감추지 못하고 하소연했던 시간, 덕분에 도움받고 위로받으며 헤쳐 나온 시간들, 그래서 다 갚을 수 없는 은혜들, 이 시커먼 소용돌이 속에서도 사랑스럽게 자라 준 우리 딸. 그래, 이 모든 걸 덮을 만큼 사랑하는 우리 딸의 존재, 그 자체.

나는 마침내 잠가 두었던 입을 열어 말했다. 신중하게 내린 답변이었다.

"나도."

아이의 다섯 살이 저물어 간다. 그간 많은 일이 있었다. 아이가 없다면 절대 알 수 없었을 가슴 뻐근한 행복과 아이가 없다면 모르고 지나갔을 깊은 어둠이 공존하는 시간이었다. 사랑해서 미워하고 죽고 싶지만 살고 싶은 이상한 마음으로 어둡고 긴 터널을 통과하는 동안 우리는 많이 넓어졌고, 마침내 서로를 담을 수 있게 되었다.

허공에서 소용돌이치던 온갖 먼지들을 창밖으로 날려 버리듯 나는 잠시 창문을 열었다. 세찬 바람에 과거의 기억을 실어 보내며 다시 한 번 말했다.

"나도 좋았어."

분리 수면에 실패한 이유

"엄마랑 같이 자고 싶어."

오늘도 수면 교육은 실패다. 아이가 태어났을 때부터 분리 수면의 바이블이라 불리는 책을 사고, 밑줄까지 쳐 가며 탐독했던 것이 무색하게 아이는 잘 때마다 나를 찾는다. 아이가 원래부터 그랬던 것은 아니다. 오히려 말도 못 하는 아가였을 때는 공갈 젖꼭지, 일명 쪽쪽이 하나만 물려 주면 어르고 달랠 필요도 없이 침대에 등을 대고 누워 스르르 잠이 들었다.

"엄마 팔 만지고 싶어."

침대에 나란히 누운 딸이 몸을 돌려 내게로 착 붙는다. 나는 익숙한 듯 팔을 내준다. 생후 500일이 되었을 때, 어린이집 원장님이 내린 특단의 조치로 쪽쪽이와 갑작스러운 이별을 했었다. 일주일을 울며불며

쪽쪽이를 찾았지만 이미 건너온 강을 다시 돌아가지 않기로 마음을 굳게 먹은 나는 다시는 쪽쪽이를 꺼내 주지 않았다. 그때부터였다. 아이가 내 팔을 탐하기 시작한 것은.

조물조물. 고사리 같고 매끈한 손이 내 팔을 쓰다듬듯 주무른다. 아이가 주로 탐하는 부분은 팔꿈치 위쪽, 팔 뒤편이다. 거긴 모공각화증이 심한 내가 남들에게 들키고 싶지 않은 곳인데, 딸은 밤마다 거침없이 그곳을 만져 댄다. 오돌토돌해서 만지는 재미가 있나 보다 짐작만 하던 어느 날, 이유가 문득 궁금해져 딸에게 물었다.

"엄마 팔을 만지는 게 왜 좋아?"
"시원해서 좋아!"

시원해서라니! 알고 보니 나는 딸의 '인간 죽부인'이었던 것이다. 두 팔과 다리로 내 팔을 감싸 안은 딸의 숨소리가 쌔근쌔근 점점 깊어져 간다. 나는 딸의 머리를 가만히 쓰다듬다가 찹쌀떡 같은 뺨에 입을 맞췄다.

"사랑해. 잘 자."

잠이 오는지 온몸으로 감싸 안았던 팔을 풀어 주고 다시 몸을 굴려

제자리로 돌아가는 아이. 쌕쌕. 깊은숨을 내쉬며 잠에 빠진 딸이 사랑
스러워 잠깐 쳐다보다가, 나도 자석에 이끌리듯 딸의 옆으로 굴러간
다. 깊게 잠든 아이가 내 눈앞에 있다. 이 시간이야말로 내가 가장 좋아
하는 시간이다. 낮에는 내 품에 안겼다가도 놀거리가 생각나면 휙 돌
아섰던 아이를 가만가만 바라보며 마음껏 만질 수 있는 시간.

　우선 보드랍고 봉긋한 뺨과 도톰한 입술이 잘 드러나도록 머리칼을
쓸어 올린다. 자는 얼굴이 참 귀엽다. 말랑말랑한 볼에 뽀뽀하고 얼굴
을 비빈다. 이미 깊게 잠든 아이를 꼭 안아 주다가, 목덜미에 얼굴을 묻
고 킁킁 냄새를 맡는다. 아, 사랑스러운 아이 냄새. 잠을 솔솔 오게 한
다는 라벤더 오일보다 더 효과가 좋은지 슬슬 잠이 오기 시작한다. 딸
이 그랬던 것처럼, 나도 제자리로 굴러가 눈을 감는다.

　어떤 날은 딸이 더 필요하다. 주로 낮에 있었던 일로 마음이 지친 날
이다. 그럴 때는 아이가 특효약이다. 아직 세상 근심을 모르는 천진난
만한 웃음과 그저 엄마라는 이유로 조건 없이 사랑을 주는 아이의 품에
서 나는 힘을 얻는다. 이런 날에는 아이가 나의 애착 인형이 된다. 이미
깊게 잠든 딸의 얼굴을 들어 올려 굳이 팔베개를 내어 주고는 아이를
꼭 끌어안는다.

　이쯤 되면 양심에 손을 얹고 생각해 봐야 한다. 그렇다. 우리 집에서

분리 수면에 실패한 이유는 바로 나 때문이다. 아이를 낳고 두 번 정도 출장을 갔었는데, 오랜만에 혼자 맞이하는 밤이 설레서 그랬는지, 내 애착 인형이 없어서 그랬는지 늦은 시간까지 잠이 안 와서 혼났다. 이제 분리 수면은 글렀다. 우리는 악어와 악어새처럼 밤마다 서로에게 꼭 필요한 존재가 되어 버렸다.

딸아, 밤새 꿈자리가 사나웠다면 미안하다. 엄마가 너를 엎어뜨리고 메치면서 밤새도록 귀여워했단다. 네가 언제까지 내 품에서 잠이 들 수 있을까? 앞으로 길어 봤자 5년이겠지. 엄마는 지금의 행복을 빈틈없이 누리려고 해. 우리 오래오래 같이 자자!

좀 더 크면 누리지 못할 호사라고 생각하며 마음껏 딸을 예뻐하는 밤. 찹쌀떡 같은 엉덩이를 토닥이며 나도 잠이 든다.

박 씨들 때문에 살이 쪘다

"이게 다 우리 집 박 씨들 때문이야!"

맛있는 음식을 앞에 두고 손이 멈추지 않을 때, 오물오물 무언가를 입에 넣어 먹으면서 나는 종종 우리 집 박 씨들 탓을 한다. 진짜다. 나는 원래 이렇지 않았다. 내가 살찐 건 다 우리 집 박 씨들 때문이다.

큰 박 씨의 기여는 이것이다.

우리는 4년 동안 장거리 연애를 했다. 나는 서울에서, 당시 남자친구였던 남편은 대구에서 일을 했는데 우리는 주말은 물론이고 주중에도 짬을 내서 데이트하곤 했다. 2014년, 스물여섯의 나는 말랐다는 소리를 종종 듣는 50kg의 아가씨였다. 그날도 퇴근하고 대전에서 만나 늦은 저녁을 하기 위해 설렁탕집에 들어갔다.

원래 식욕이 별로 없고 먹는 속도도 느려서 반 공기 정도나 겨우 먹던 나는 그즈음에 유독 속이 불편해서 힘들었다. 첫 사회생활이 녹록지 않았는데, 그게 아마 위장으로 왔던 모양이다. 당시에는 밖에서 밥을 사 먹기만 하면 속이 까끌까끌하고 소화가 잘되지 않았다. 서울에서 혼자 일하느라 속이 다 망가진 딸이 안쓰러웠는지 엄마는 주말마다 일주일 치 반찬을 만들어 주셨다. 그러면 나는 지하철과 버스로 두 시간이 걸리는 길을 힘든 줄도 모르고 반찬을 들고 올라갔다. 월요일에 출근하면서 반찬들을 회사 탕비실 냉장고에 넣어 두고, 점심시간에는 햇반을 돌려 밥을 먹었다.

　그때는 위가 정말 약해져 있었는지, 뚝배기에 담겨 나온 뜨끈한 설렁탕을 한술 뜨는데 갑자기 위장이 뒤틀리듯 배가 아팠다. 너무 고통스러워서 도저히 밥을 먹을 수가 없었다. 남편은 나를 살피며 허겁지겁 식사를 마쳤고, 나는 결국 설렁탕 한 그릇을 고스란히 남긴 채 배를 움켜쥐고 식당을 나왔다.

　남편은 그때부터 약국을 찾아 대전역 일대를 미친 듯이 뒤지기 시작했다. 이미 어두워진 밤, 약을 파는 곳이 금방 나타날 리 만무했다. 나는 그때 느긋한 성격의 남편이 그토록 급박하게 뛰는 것을 처음 보았다. 낯선 대전역 앞에서 아픈 배를 움켜쥐고 앉아 있는 동안 남편은 기차 시간이 임박한 사람처럼 사력을 다해 뛰어다녔다. 언제 끝날지 짐작할 수 없던 기다림의 시간이 모두 지나고, 남편이 어디선가 겨우 약을 구해 왔다. 거친 숨을 몰아쉬며 내미는 약을 먹고 나자 다행히 속이 좀 진정되었다. 결국 그날은 아무것도 더 못 하고 서울로 다시 올라왔다. 나를 보내고 대구로 향하는 KTX에서 남편은 어쩌면 결심했을지도 모른다. 이 병을 고쳐 주겠다고.

어느 주말, 우리는 대구에서 만났다. 남편은 가야 할 곳이 있다고 말했다. 차를 타고 도착한 곳은 한의원이었다. 담적병 치료에 용하다고 소문난 곳. 진료실에 들어가 침대에 누워 진찰받는데, 배를 꾹꾹 누를 때마다 너무 아파 견딜 수가 없었다. 담적병이 없는 사람은 이렇게 눌러도 전혀 아프지 않다고 했다. 저 말이 참말인지 의심해 볼 처지가 아니었기에, 지푸라기라도 잡는 심정으로 한약을 지어 먹기로 했다. 15일분이 30만 원이었던가. 엄두가 안 나는 가격을 듣고 멈칫하는 사이, 옆에 있던 남편이 당연하다는 듯 계산을 했다.

남편은 늘 그랬다. 아홉 살의 나이 차이, 모태 신앙인으로서는 가시밭길처럼 느껴지는 신앙 없는 남자, 서울과 대구라는 장거리의 만남에도 내가 그를 떠날 수 없었던 것은, 그가 이미 나를 아내로 여겼기 때문이었다. 그는 나를 만나는 4년 동안 재고 따지는 것이 없었다. 내가 이 사람과 평생을 함께해도 괜찮을지 옆에서 시시콜콜한 것들까지 따져 보는 동안, 그는 이미 나를 아내로 여기고 최선을 다해 사랑했다.

그 마음이 고마워서, 그리고 정말 낫고 싶었기에, 한의원에서 정해 준 식이 습관을 철저하게 지키며 꾸준히 약을 먹었다. 한약이 효과를 보기 시작하자 남편은 15일분을 더 지어 주었다. 사랑의 힘인지, 약 한 재를 다 먹고 나니 속이 편안해져서 더 이상 엄마가 해 주는 반찬을 싸 들고 다닐 필요가 없어졌다. 비록 반 공기씩이지만 다시 일반식을 먹기 시작했고, 소화도 잘되었다.

그렇게 시작한 남편의 '위장병 치료 작전'은 결혼 후에도 이어졌다. 나는 원래 모든 건 미리 준비해야 속이 편하고, 촘촘한 계획에 따라 움직이는 하루가 가장 뿌듯하며, 시간을 낭비하면 속상하다 못해 열받던 사람이었다. 그런데 임기응변에 능한 남편 덕분에 미리 준비하지 않아도 해결되는 일들을 경험하며 그동안 준비라는 이름으로 내가 과하게 염려했음을 알았다. 또, 미리 계획하지 않고 그날 먹고 싶은 음식을 먹고 그날 하고 싶은 것을 하는 즉흥적인 하루의 매력을 알아 가며, 아무런 하는 일 없이 쉬는 것은 시간을 낭비하는 것이 아니라 몸과 마음이 다시 잘 움직이도록 기름칠하는 중요한 작업임을 깨달았다.

여기서 이제 작은 박 씨가 등장한다.

나는 입덧이 너무 심했다. 안정기라는 임신 중후반까지 입덧약을 먹으면서도 하루에도 열 번씩 토를 했다. 먹은 것이 없으니 노란 위액과

초록색 담즙까지 아침에 눈 떠서 밤에 눈 감을 때까지 수시로 토해댔다. 얼마나 음식을 먹고 싶었던지 그때는 잠만 자면 식판을 들고 음식을 담는 꿈을 꿨다.

마침내 입덧이 사라졌을 때, 나는 한 마리의 굶주린 사자였다. 그때부터는 어딜 가나 성인 남자만큼 밥을 해치웠다. 그릇째로 국물을 벌컥벌컥 들이키는 것은 물론이요, 밥알 하나 반찬 하나 남기는 법이 없었다. 우리 집 박 씨들 사이에 모종의 공모가 있었는지 큰 박 씨는 그런 나를 보고 유난히 흐뭇해했다. 밥을 잘 먹기 시작하자 날로 살이 붙었고, 출산이 임박했을 무렵에는 정신을 차리고 보니 20kg이 쪄 있었다. 그리고 그 증상은 지금도 현재진행형이다.

우리 집 박 씨들의 죄목을 낱낱이 고발했지만, 사실 나는 내가 잘 먹어서 참 좋다. 이제는 비싼 호텔 뷔페에 가거나 n분의 1을 해야 할 때 돈이 전혀 아깝지 않다. 또 스시 오마카세를 먹으러 가서 샤리를 줄여달라고 말할 필요도 없다. 여행을 갈 때는 먹을 기대를 해서 더욱 설레고, 둘 중 무엇을 먹을까 고민하지 않고 둘 다 먹어도 탈이 나지 않아서 행복하다.

오늘은 나의 사랑하는 박 씨들과 함께 점심을 먹으러 돈가스 가게에 갔다. 아이는 자연스럽게 아빠 옆에 앉아 밥을 받아먹고, 나는 그 앞에서 편하게 식사했다. 아이도 엄마를 찾는다며 보채지 않고, 남편도 내가 편안히 먹을 수 있도록 배려를 해 준 덕분에 무아지경으로 돈가스를 입으로 밀어 넣다가 문득 또 깨달았다. 이것도 다 작전이었구나. 나를 살찌우려는 작전!

그들의 작전대로 나는 착실히 토실해지고 있다. 여기저기 뒤룩뒤룩 살이 붙은 내가 세상에서 제일 예쁘다는 남편과 아이, 그 말에 안심해 버린 나, 그래서 언제나처럼 잘 먹은 오늘. 남편과 아이에게 받은 사랑에 나는 오늘도 배가 부르다. 옳거니, 그러니까 내가 찐 건 살이 아니라 사랑이었다. 그렇다면 내일도, 모레도, 앞으로도 쭉 맛있게 먹어야겠다. 내 몸에 사랑이 살찌우도록.

박현주 작가

가족은 제가 짊어져야 할 십자가였습니다.
그럼에도 기꺼이 사랑합니다.

우애 말고 의리

만약 그 시절이 없었더라면 동생과 나는 이렇게 끈끈해질 수 있었을까?

나에게는 2살 터울의 여동생이 있다. 가족 중에 내 가슴속 이야기를 아무 거리낌 없이 터놓고 얘기할 수 있는 유일한 사람이기도 하다. 그렇게 되기까지는 우여곡절이 참 많았다. 우리 자매는 중학생 시절부터 원치 않는 자취를 해야 했다.

직업군인이던 아버지는 꿈이 많았다. 아니, 욕심일지도 모르겠다. 직업군인만으로 성에 차지 않는 건지 다짜고짜 레스토랑을 차려서 망하게 되고, 이후로 컴퓨터 가게를 계속 열었다. 본인 이름으로 할 수 없어서 엄마가 늘 대표가 됐고 망하게 되면 그건 모두 엄마 탓이었다. 많은 돈을 잃고서야 레스토랑을 접었고 그 후로 컴퓨터 가게에만 매진했다. 컴퓨터 가게에서는 판매와 수리까지 하게 되니 부대에서 퇴근하고 나면 포항까지 왕복 두 시간씩을 다니시며 일하셨다. 무리하며 이렇게까지 일하는 이유를 말씀해 주시진 않았지만, 제대를 염두에 두셨다는 걸 뒤늦게 알았다. 수리가 안 되는 날은 머릿밑이 찢어질 정도로 긁어 대며 짜증을 내셨다. 어린 마음에도 그 모습은 상당히 불편했다.

'짜증 나면 하지 말지, 왜 저럴까?'

어린 마음은 아빠의 무게를 알 법이 없었다. 지칠 대로 지친 아빠는 밤늦게서야 호미곶에 있는 사택으로 돌아가셨고 동생과 나는 컴퓨터 가게 뒤편에 판자로 만들어진 공간에 몸을 뉘곤 했다.

"타닥타닥타닥."
"불 켜 봐. 이거 무슨 소리고?"

불을 켜자, 엄지손가락만 한 바퀴벌레가 천장과 벽을 타고 돌아다닌다. 소름 끼칠 정도로 무서웠지만 잡지 않으면 잠을 잘 수 없을 것 같았다. 동생과 나는 신발 한 짝을 치켜들고 바퀴벌레와 사투를 벌였다. 결국 보이던 바퀴벌레를 다 잡고 나서야 잠을 청할 수 있었다. 끔찍했던 바퀴벌레와 동거를 하며 중학교를 졸업했고 고등학교에 진학하게 됐다. 고등학교에 진학했을 때 아빠는 또 다른 곳으로 가게를 옮기셨다. 우리와는 일면식도 없는 삼촌들과 동업하셨다. 그때도 구석에 한 공간을 만들어 방을 만들어 주셔서 그곳에서 학교에 다닐 수 있었다.

'종합버스터미널 2층에 컴퓨터 가게가 될까?'

어린 마음에도 가게가 될지 염려스럽긴 했지만 그건 아빠 몫이었지, 내가 걱정할 일은 아니었다. 이사하고 얼마 지나지 않아 포항 도심 근처에 있는 대잠동 못이 터졌다. 시내가 물에 잠길 만큼 큰 사건이었고 버스터미널 1층도 무사하지는 못했다. 2층에 거주했던 우리는 물에 반쯤 잠겨 지나가는 사람들과 강물같이 흘러가는 물줄기를 구경하기도 했고, 무슨 도전 의식인지 바지를 돌돌 말아 걷어붙이고 동생과 함께 길 건너편에 있는 편의점에 가서 컵라면을 사 오기도 했다. 지금 생각해 보면 겁이 없었는지 참으로 무모했다. 센 물살을 두려워하지 않았다는 게 어이가 없을 정도다.

뒤에 들은 이야기지만 예전 우리가 지냈던 컴퓨터 가게는 지붕까지 물에 잠겨 난리 통이었다고 했다. 그곳에 있었으면 우리는 이재민이 됐을 거라며 가슴을 쓸어내리기도 했다. 좋은 건 그것뿐이었다. 터미널 2층에서 살게 된 지 얼마 지나지 않아 아침저녁으로 구토와 설사를 달고 살았다. 바통터치 하는 계주 선수처럼 동생과 나는 번갈아 가며 화장실로 향했다. 혹 2층 화장실이 잠겨 있는 날에는 터미널 안 화장실까지 달음박질했다. 입을 막고 똥구멍에 힘을 주고 달리던 그 시절을 떠올리면 아직도 아찔하다. 매연이 얼마나 몸에 안 좋은지 동생도, 나도 뼈저리게 경험했던 시절이었다. 씻는 것도 화장실에서 씻으니 제대로 된 샤워는 꿈도 못 꿨다. 노숙자가 따로 없었다. 강하게 내리쬐는 햇볕만큼 아프고 따갑던 고2 여름이 흐르고 있었다.

무덥던 여름을 떠나보내고 계절이 바뀌면서 가게도 함께 옮겨졌다. 그곳은 지금과 지내던 것과 차원이 달랐다. 쪽방조차 기대할 수 없는 가게였다. 가게 뒤 창고 같은 공간이 전부였고 가게도 그다지 넓지 않았다. 동생 학교와 내가 다니던 학교가 가까워 걸어서 30분이면 넉넉했다. 예전 가게에서는 1시간은 족히 걸어야 했는데 30분도 안 걸리니 그것 하나 좋았다. 좋은 건 단지 그것뿐이었다.

어느 날, 아빠는 앵글을 들고 와 간이침대를 만들기 시작했다. 가게 뒤편 창고 같은 곳에 그 앵글을 넣더니 앵글 위 합판을 넣고 2층 침대를 뚝딱 만드셨다. 말씀이 없으셔도 그곳이 우리가 잘 공간이란 것을 짐작할 수 있었다. 한 명이 누우면 끝나는 일자 통로에 침대였지만 나름 만족했다. 만족해하던 우리 모습에 아빠도 다행스럽다는 눈치였다. 침대 바로 옆 좁은 화장실 앞에는 한 명이 겨우 쪼그려 앉을 수 있는 공간에 수도가 있어 거기서 씻고, 밥도 해야 했다. 밥은 가게에 나와서 먹어야 했지만, 우리는 불평불만 없이 어려운 자취를 이어 나갔다. 가을은 그럭저럭 지내기 괜찮았다. 겨울이 오자 만만했던 자취생활이 힘에

겹기 시작했다. 전기장판에, 두꺼운 외투를 껴입고도 추위를 이겨내기엔 역부족이었다. 콘크리트로 된 벽을 뚫고 들어오는 찬 기운은 마치 겨울왕국을 연상케 했다. 추운 것도 잊은 채 입에서 나오는 입김에도 까르르거리던 여학생들이었다. 시시덕거리던 것도 잠시였다. 추위가 고통스럽게 느껴지자, 우리끼리 머리를 맞대고 한 가지 방법을 고안했다. 우리가 결론 내린 최고의 방법은 함께 껴안고 자는 것이었다. 우리 둘은 꼭 끌어안은 채 겨울을 났다. 2000년을 바라보던 시절, 이런 일이 있었다면 아무도 믿지 않을 것이다. 중요한 건 그 와중에 우리는 불만 불평을 단 한 번도 한 적이 없었다는 점이다. 그리 살아야 하는 줄로만 알았다. 어리숙했던 건지, 순수했던 건지 알 수는 없지만, 부모님 말씀이 우리에겐 하늘이었다.

세월이 흘러 이런 이야기를 동생과 주고받으면 옆에 앉아 있는 엄마는 가슴을 친다.

"왜 그때는 방 한 칸 구해 줄 생각을 못 했을까?"
"우리는 그래도 잘 지냈어요. 바퀴벌레랑 추운 것만 빼면."

지금에야 웃으며 이야기할 수 있지만, 그 시절은 두 번 다시 돌아가고 싶지 않은 기억이기도 하다. 다시는 돌아가고 싶지 않은 아픔이지만 동생과 함께였기에 힘들다는 생각 없이 지냈던 건 분명한 사실이다. 이런 시간이 없었더라면 동생과 이렇게까지 돈독해질 수 있었을까? 광야에 던져진 듯했던 그 시절을 통해 동생과 나는 우애보다 의리로 단단하고 끈기 있는 사이가 된 걸지도 모르겠다.

아픈 손가락

"네 새끼를 치니까 이제야 나를 찾냐."

무당의 입에서 나오는 소리는 나를 산산조각 내 버렸다. 무서웠고 아팠으며 고통스러워 한없이 눈물을 흘렸다.

어느덧 3년 전의 일이다. 어느 날 차 안에서 딸이 건네는 이야기에 가슴이 덜컥 내려앉았다.

"엄마, 나 귀에서 자꾸 이상한 소리가 들려. 그리고 나는 그렇게 생각 안 하는데 자꾸 나쁜 생각이 들고 그래."

"어떤 소리? 어떻게 나쁜 생각이 들어?"

"예를 들면 유관순 님이 나라를 위해 목숨을 바쳤잖아. 그래서 감사하다고 생각했거든. 그러다 마음에도 없는 고소하다는 생각이 들어. 이러면 안 되는데, 그걸 아는데도 계속 그런 생각들이 나서 힘들어. 욕도 막 생각나고, 귀에 들리는 것 같고 그래."

　무서웠다. 머리가 백지장처럼 하얘졌다. 숨이 쉬어지지 않는 듯해 공포가 밀려왔다. 어디서부터 어떻게 해야 하는지, 그 당시 운전을 하면서 어떻게 이동했는지 아무런 기억도 남아 있지 않다. 급한 대로 포항에 있는 큰 소아청소년과를 찾아갔다. 상담이 끝난 의사 선생님께서는 불안한 것부터 잠재우자며 조금의 안정제를 처방해 주셨고 아이는 그때부터 안정제를 먹었다. 한 이틀 잠잠한가 싶더니 또 같은 증세로 아이가 고통을 호소했다. 목을 조르는 듯해 숨이 쉬어지지 않았다. 인터넷에서는 비슷한 상황조차 찾아볼 수 없었고 물어볼 곳도 마땅치 않았다. 내가 당장 할 수 있는 건 엄마들에게 묻는 방법뿐이었다. 감사하게도 맘카페의 힘을 빌려 심리센터 두 곳을 예약할 수 있었고, 두 곳 모두 아이와 부모가 함께 테스트받았다. 부모의 잘못이 상당한 부분을 차지하고 있다 했다. 나는 아이에게 나름의 최선을 다했다고 생각했는데 그게 아니었다는 생각이 드니 죄책감에 사로잡혀 그야말로 지옥 같은 하루하루를 보내게 되었다. 우선 아이의 회복이 먼저였다. 상담받은 두 곳 중 아이가 원하는 곳으로 선택해 1년간 치료를 받아 보기로 했다.

　다행히 아이가 선택한 곳에 나도 마음이 더 갔다. 갑자기 소리에도 예민해진 딸은 천둥·번개가 치면 하교도 못 할 만큼 울고불고하며 굳어 버리곤 했다. 내가 해 줄 수 있는 건 아이를 데리러 가는 것뿐이었는데 일하는 엄마라 바로바로 데리러 갈 수 없는 상황에 마음은 깨질 대로 깨져 버렸다. 그렇다고 아이에게 화도 낼 수 없는 이 상황이 답답하고 애가 탔다. 약을 계속 먹는데도 불구하고 아이 상태는 조금도 호전되질 않았다. 이제 믿을 건 심리센터뿐이라 생각했다. 심리센터에서는 보드게임 같은 프로그램을 매주 해 주셨고, 원장님이 늘 함께해 주셨다. 만들기, 그리기 등으로 아이가 최대한 안정할 수 있도록 최선을 다해 주셨다. 소리 문제도 차차 적응할 수 있게 단계적인 치료도 들어간다고 하셨다. 처음엔 조금 호전이 있는가 싶었지만, 두드러진 변화는 없었다. 이제는 최후의 방법을 써야 할 때가 온 듯했다.

마지막으로 신경정신의학과의 문을 두드렸다. 포항, 대구에 알아보니 내 근무 시간 때문에 맞춰 볼 수 있는 곳이 한 군데도 없었다. 또 한번 맘카페에 힘을 빌렸고 대구에 있는 3차 병원 정신과를 예약할 수 있게 되었다. 대기가 최소 3개월이라고 했지만 그렇게라도 해야 했다. 늦은 예약이었지만 마치 하늘에서 내려온 동아줄을 잡은 것만 같았다. 큰 병원이라는 이유, 많은 아이가 좋아졌다는 후기만으로 여기만 다녀오면 아이가 싹 나을 거라는 기대감도 생겼다.

작디작았던 기대감조차 나에겐 욕심이었던 걸까? 아이가 매일 힘들게 고통스러워하니 그냥 보고 있을 수만은 없었다. 내 근무 시간과 겹

치지 않는 경주에 한 정신과를 찾아냈고 일단 상담부터 받기로 했다. 섬세해 보이는 말투, 아이의 힘겨움에 공감을 해 주시며 아이의 상태를 차츰차츰 파악하셨다. 선생님과 상담 후, 다른 선생님께 의뢰해 정밀한 검사를 받아 보기로 했다. 고액이었지만 아이가 먼저였다. 6시간이 걸리는 검사였는데 점심때 시작하면 내 퇴근 시간에 맞춰 끝날 수 있을 것 같았고, 며칠 뒤 바로 검사를 받기로 했다. 외부에서 오신 여자 선생님은 아이가 힘들지 않게 쉬어 가며 진행해 주셨고 6시간의 검사를 잘 끝낼 수 있었다. 결과는 며칠 뒤 받아 볼 수 있었다.

우리 아이에게는 불안 증세만 좀 있지, 아무 문제가 없다고 하셨다. 좋기도 했지만, 기가 막힐 노릇이었다. 아이의 고통은 최고조에 달했다. 그때부터 자해가 시작되었다. 듣기 싫은 욕이 들리니 자기 귀를 마구 때리기 시작했다. 5학년이었던 아이는 수업에 집중도 못 하고 고통의 나날을 보내고 있었다. 엄마라는 사람이 아무것도 해 줄 수 없음을 자각하게 되니 마음은 약해질 대로 약해져 버렸다. 밤마다 자는 아이를 끌어안고 울면서 기도했다. 내 기도가 땅에 떨어질 것만 같아 눈물로 밤을 지새우기도 했다.

'이제 어쩌면 좋을까?'

더는 아무런 방법이 없었다. 결국엔 민간신앙에 의지할 수밖에 없었다. 아이만 나을 수 있다면 뭐라도 해야 했고 하고 싶었다.

굿이라는 걸 했다. 친가 가족 중 신줏단지를 모시는 분이 있었다. 그와 다르게 우리 가족은 서로 다른 종교를 가지고 있었다. 종교가 다르다고만 생각했는데 결국 굿을 통해 알게 된 건 우리 가족 모두를 합의시키기 위해 우리 아이가 건드려졌던 거였다. 원통하고 분했다.

'왜 우리 아이를 이렇게 고통스럽게 하는 거지? 조상이라면 그래도 되는 건가?'

나는 혼란스러웠다. 엄마 뱃속에서부터 찬양을 듣고, 설교를 들으며 하나님이 전부라는 생각으로 40년을 살아왔는데 조상을 섬겨야 한다니.

빛 하나 없는 터널 속에 서 있는 심정이었다. 혼란스럽고, 어렵고, 힘들고, 아팠다. 내 정체성 혼란은 밀어 두고 일단은 아이가 낫길 바랐다.

굿이 시작되자 무당이 나에게 이야기를 걸었고 나는 첫마디로 아이를 살려 달라고 말했다. 아니, 울부짖었다. 아이의 고통 앞에서 나는 종교도 외면해야 했다. 눈물로 몇 시간을 보내고 나서야 모든 일이 끝이 났다. 정말 괜찮아질까 염려되고 두려웠다. 굿이라는 걸 하고 난 지 3일째

되는 날, 아이는 깨끗이 나았다. 매일매일 아이에게 묻고 또 물었다.

"소리 들려? 괜찮아?"
"이제까지 조금씩 들렸는데 오늘은 나쁜 소리가 하나도 안 들렸어. 이제 살 것 같아."

이 말을 듣는데 감사가 터져 나왔다. 아이를 고통스럽게 한 것에 화도 났지만 어쨌든 아이가 아무렇지 않게 일상을 보낼 수 있게 되었음에 감사했다. 뒤늦게 깨달았지만 나는 여태껏 일한다는 핑계로, 아이가 알아서 척척 잘한다는 이유로 아이에게 무관심했었다. 코로나가 시작되면서 아이는 급속도로 살이 쪘고 그 이유가 코로나 때문이라고 여겼는데, 가끔은 내가 아이를 너무 외롭게 둬서 먹는 것으로 위안을 삼았던 건 아니었나 하는 생각도 든다. 아이의 빵빵해진 몸을 볼 때마다 내 탓인 것만 같아 미안하고 가슴이 아려 온다. 일하기 전으로 돌아갈 수 있다면 딸에게 최선을 다하고 싶은데 그럴 수 없음이 한스럽기만 하다.

딸은 여전히 나에게 아픈 손가락이다.

밥때가 되어도 밥을 달라고 하지 않는다. 볶음밥도 알아서 만들어 먹고, 먹고 싶은 국이 있으면 직접 끓여 먹기도 한다. 어떨 때는 나보다 더 맛있게 요리할 때가 있어서 깜짝깜짝 놀랄 때도 있다. 언제 이렇게 커서 요리도 척척 해내는 건지, 놀랍기만 하다.

천둥소리를 무서워하고 원치 않던 마음으로 고통받던 아이는 어느새 자라 중학교 2학년 학생이 되었다. 아이답게 굴어도 되는데 엄마에게 의지하기보다 혼자서 해내는 일들이 많아지는 것을 보면 또 마음 한구석에선 고마움과 이유 없는 슬픔이 부딪힌다. 결국 소용돌이가 일어나 나를 삼켜 버리고 만다.

나는 여전히 기도와 성경을 의지하며 산다. 아이가 나아서 건강히 잘 지내고 있지만, 내 신념, 내 종교는 버릴 수 없다. 버리고 싶지도 않다. 종교가 다른 집에 시집와서 제사상을 차리기도 하지만 나는 내 자리에 맡겨진 일엔 최선을 다한다. 내 종교를 인정해 줬던 신랑에게 고맙기도 하지만 내 종교를 고집하면서까지 거세게 반항하며 물의를 일으키고 싶지도 않다.

아직도 혼란스러움이 가시지 않았고 무엇이 정답인지도 모르겠다. 정답을 찾으려 애쓰며 힘들어지고 싶지도 않다. 그저 아이가 나아서 건강하게 잘 지내고 있어서 감사하고, 나도 여전히 내 모습 그대로 지낸다는 사실에 만족한다. 단지 신줏단지를 모시는 가족에게 더 신경 쓰고 함께하려 한다. 그게 가족이니까.

다시는 아이가 아프지 않길, 똑같은 고통이 두 번 다신 없길 바라고
바라본다. 그저 건강했으면 좋겠다. 내가 바라는 건 아이의 건강이 전
부다.

엄마처럼 살지 않을 거야

"쫌, 엄마도 먹고 해라."

오늘도 엄마는 우리가 먼저다.

어릴 적엔 우리가 음식을 먹고 나면 늘 나중에 먹는 엄마를 당연하게 여겼다. 생선 머리가 맛있어서 먹는다는 엄마의 말을 믿고 매번 엄마에게 생선 머리만 줬다던 이야기처럼 엄마의 말과 행동을 자연스럽게 받아들였다. 우리가 성인이 되었어도 엄마는 여전했다. 이제 안 그래도 되는데 자꾸만 더 주려 하고 덜 먹는 엄마를 보고 있자면, 속상하고 애가 탔다. 왜 그러냐고 면박을 줘도 엄마는 늘 그 모습 그대로였고, 함께 음식을 먹을 때마다 보이는 엄마의 배려가 썩 기분 좋지만은 않았다. 그런 모습을 보며 나는 절대 엄마처럼 하지 않으리라 다짐하고 또 다짐했다.

돌이켜보았다. 내가 했던 굳은 다짐은 잘 지켜지고 있는 걸까?

인정하고 싶지 않지만 나도 엄마와 똑같은 모습으로 살고 있었다. 절대 그러지 않으리라 굳게 다짐했건만, 내가 엄마의 모습을 그대로 닮아 있는 게 아닌가. 싫어했던 엄마의 모습을 그대로 하고 있다는 사실을 깨달았을 때, 너무도 충격적이었다. 나도 모르게 엄마와 똑같은 행동을 하고 있다니. 성인이 되어서도 엄마의 행동은 좀처럼 이해하기 어려웠다. 음식을 먹을 때마다 매번 서로 더 먹으라며 실랑이만 해댔다. 엄마의 행동을 이해하려 했지만 어려웠다. 시간이 흘러 엄마가 되고 나서야 보니 엄마가 그랬던 이유를 조금은 알 것 같다. 그것이 바로 사랑이었다는 것을 말이다.

마른 논에 물 들어갈 때랑 자식 입에 밥 들어갈 때가 가장 보기 좋다던 이야기가 이제야 피부로 와닿는다. 내가 엄마 사랑을 듬뿍 먹고 자랐다는 생각이 드니 가슴이 몽글몽글해졌다.

하루는 고깃집에 외식을 갔다. 열심히 고기를 굽고 있는데 가족들 입에 들어가고 배가 부른 것을 확인하고 나서야 내 입에도 고기를 한 조각씩 밀어 넣었다. 그런 모습이 싫었던 신랑은,

"너도 좀 먹어라. 먹을 때 같이 먹어야지."

라며 운운하기도 했지만 그럼에도 나는 꿋꿋이 따로, 또 같이 식사를 했다.

'자식은 부모의 거울'이라고 했던가. 그 말이 진실이라고 보여 주듯 엄마가 하던 모습을 나도 똑같이 하고 있다.

쓸데없이 꿋꿋하던 내 모습이 답답했던 건지, 보기 싫었던 건지 변함없던 나를 내버려 두고 신랑이 변하기 시작했다. 자기 입에 들어갈 고기를 나에게 양보하기 시작했고 쌈을 싸서 입에 넣어 주기도 했다. 그런 모습을 본 딸도 엄마 몫이라고 따로 챙겨 주기 시작했다. 가족들이 무척 고마웠지만 고마움도 잠시, 나는 엄마에게 그러지 못했다는 사실을 순간 깨달았다. 엄마에게 매우 미안해지는 순간이었다. 나는 가족들에게 이렇게 챙김을 받고 있는데, 엄마나 아빠에게 나는 참으로 재미없고 애교 없던 딸이었구나 싶어 죄송스러워졌다. 배려만 받을 줄 알았지, 베풀 줄 몰랐던 모습에 고개가 절로 수그러졌다.

이제는 엄마도 엄마 자신부터 챙기면 좋겠다. 내가 덜 미안하게.

나도 엄마를 먼저 챙겨 드리는 배려 깊은 딸이 되어야겠다. 남에게는 친절하고 배려하면서 엄마에게는 왜 그리 무뚝뚝했던 걸까?

마지막으로 엄마에게 진심으로 사과드리고 싶다. 엄마처럼 살지 않겠노라 고백했던 철없던 내 모습을 용서해 달라고.

하나님이 주신 선물

고등학생이 되면서 배우자 기도를 시작했다. 교회에서 과제처럼 시작하게 된 기도였기에 얼떨결에 하게 되었고 결혼이란 것은 먼 훗날의 이야기라고만 생각했다. 일찍 할수록 좋다는 말에 그냥 따랐다.

기도를 시작하고 10년 뒤, 나는 결혼을 했다. 내 기도가 이루어졌을까?

배우자 기도 제목은 리더십 있고 따뜻한 남자였다. 신랑은 리더십이 끝내줬지만, 전형적인 경상도 남자였다. 무심한 듯했으나 챙겨 주는 세심함은 있었다. 그것도 나쁘진 않았다. 아니, 오히려 좋았다. 딱 하나, 같은 종교이길 바라는 기도가 빠져서 그런지 불교 집안에 시집을 오게 됐다. 신랑은 무교였지만 내 종교를 인정해 줬고 우린 아무런 문제 없이 결혼생활을 이어 나갔다.

큰아이가 태어나고 50일이 되었을 때 우린 주말부부가 되었다. 아이를 혼자 키우다 보니 신랑의 빈자리는 시간이 흐를수록 크게 느껴졌다. 소아·청소년과에 부부가 함께 오는 모습조차도 부러웠으니까. 나에겐 그 시절의 외로움도 사치였다. 아니, 외로울 겨를도 없었다. 아이를 돌보는 것도, 생활하는 것도 모든 게 오롯이 내 몫이었으니까. 그때 못다 나눈 애정 때문일까? 지금은 오히려 신혼 때보다 더 돈독하게 지내고 있다. 함께 걷고, 함께 산을 탄다. 함께 자전거도 타고 함께 여행을 즐긴다. 이렇게 되기까지는 고통의 시간, 아픔의 시간이 있었다.

첫째 아이가 50일이 되면서부터 15년간 주말부부를 했고, 그 사이, 어쩌다 보니 아이가 돌이 되기 전 시댁으로 들어가게 됐다. 시어른과 함께 살아도 나는 여전히 육아가 어렵고 왠지 모를 헛헛함이 있었다. 그런 내 상태를 신랑은 알았을까? 젊은 혈기의 남편은 친구들과 어울리길 좋아했다. 어쩌면 그런 모습이 눈엣가시 같았을 수도 있고, 나를 바라봐 주지 않는다고 징징거릴 수도 있었지만, 나는 잔소리를 단 한 번도 하지 않았다. 그저 그의 선택을 존중했다. 내가 잔소리를 한다 해도 하고 싶은 건 해야 하는 사람인데 잔소리는 의미 없는 외침인 걸 알았기에 아예 하지 않았다. 굳이 싸우고 싶지도 않았다. 그런 상황이 섭섭하지 않았다면 거짓말이겠지만 섭섭함에서 그치지 않고 나는 나를 키워 나갔다. 자기계발서에 빠져 외로움을 잊어 갔고, 바느질하며 자존감을 높여 갔다. 나는 나대로 그 시간에 몰입했다. 그러다 보니 어느

새 나는 그 시간을 즐기고 있었다.

내가 자라나는 동안 신랑은 그대로인 줄만 알았다.

아니었다. 새로운 친구들이 생기면 그들과 어울렸고 그 속에서 좋은 사람들과는 삶을 나누고 돈독해졌으며, 나쁜 모습을 보면 반면교사 삼아 자신을 정비했다. 그 시간은 신랑을 다른 사람으로 바꾸어 놓았다.

나를 더 챙겨 주고 아껴 줬다. 옷이며, 신발이며 자신보다 나를 더 생각해 줬다. 처음엔 그런 신랑이 낯설고 변해 버린 현실이 적응하기 어려웠지만, 기분이 나쁘진 않았다. 오히려 좋아 웃음이 피식 흘러나왔다.

이제야 알겠다. 하나님이 내 기도에 응답해 주시기 위해 만들어 오고 계셨다는 걸.

내 전화번호부에 저장된 신랑 이름은 '하나님 선물'이다.

하루는 같이 있던 언니들이 신랑에게 걸려 온 전화를 보더니 피식 웃는다.

"현주야, '하나님의 선물'에게서 전화 온다, 야."

나는 언니들의 웃음이 싫지 않다. 나는 신랑을 주셔서 누리는 모든 게 기쁘고 감사하기만 하다. 너무 못 누리며 살아왔던 터라 신랑과 처음으로 하는 것들이 너무 많다. 마치 새 삶을 선물 받은 것처럼 새롭고 신비롭고 행복하다. 아무리 어렵고 힘겨운 일이 있어도 이겨낼 힘을 얻은 것 같다. 우리에겐 추억도, 이야깃거리도 많다. 그거면 된다. 더는 욕심 부리고 싶지 않다.

오늘, 이 하루도 하나님이 주신 선물과 함께 눈뜨고 눈감을 수 있어서 행복하고 감사하다.

박은정 작가

가족을 들여다보니, 비로소 내가 보이기 시작합니다.

그 첫 페이지에 경애의 마음을 담아.

자다가 껌뻑 죽는 꿈, 저편에서

"나는 자다가 껌뻑 죽을란다."

가끔 그녀가 그리던 죽음을 상상해 본다. 하룻밤 사이 잠자듯이 떠나고, 심플하게 삼일장으로 끝나는 그런 이별에 가까웠을 것이다. 하지만 인생은 자신의 계획대로 쉬이 이루어지지 않는 법, 특히 죽음은 상상할 수 있는 범위가 아니라고 생각한다.

"할머니는 좀 어떠셔?"
"그냥 똑같지, 뭐…."

엄마와의 통화 말미에선 언제나 그녀의 안부를 묻는다.

3년 가까이 연명 치료에 가깝지만, 그녀의 명이 다할 때까지는 그 누구도 알 수 없는 아득한 시간만이 흐르고 있다.

자다가 껌뻑 죽고 싶다는 할머니의 마지막 소원이 이토록 어렵다는 걸 우리 가족 그 누구도 몰랐다. 요양 병원 한 달 입원비는 그 흔한 보험도 없고 쓰러지기 전 치매 등급을 제대로 받지 못한 탓에 매달 150만 원가량. 병원비는 맏이인 아버지와 막내인 작은 아버지의 몫이다. 가족들 모두 안타깝지만, 끝을 모를 연명 치료에 적잖은 돈을 내면서도 병원에 홀로 계신 할머니를 생각하며 눈물짓는다.

앙상한 겨울 나뭇가지처럼 마른 몸으로 눈만 멀뚱멀뚱 뜬 채로 식사도 콧줄로 주입하는 영양식이 전부이며, 대소변도 스스로 처리할 수 없는 삶. 그 지리멸렬한 생의 마지막 길은 할머니의 꿈이 진정 아니었다.

할머니는 30대 초반에 홀로되어 두 아들을 키웠다. 아버지와는 10살 넘는 터울이 있는 삼촌은 할아버지의 얼굴을 모른다. 할아버지의 갑작스런 사고사로 할머니에게 남겨진 건 오로지 두 아들과 생을 이어 가야 하는 과제뿐이었다. 매일 남의 밭일을 나가거나 공사장 잡부로 나가 하루하루 자식들의 끼니를 해결해야 했다. 아버지는 일찍 생계에 뛰어들어 할머니의 힘겨운 어깨의 짐을 덜었고, 결혼 후 어머니와 어려운 살림에도 삼촌을 대학 공부까지 시켰다. 그렇게 힘겨운 시간이 흐르고 삼촌까지 결혼해서 가정을 꾸린 후엔 할머니께선 가족들이 먹을 농사 정도를 짓는 잔잔한 여생만이 펼쳐질 거라 믿었다.

내 나이 열 살 무렵 아버지와 어머니는 읍내에 집을 장만했다. 방 두 칸짜리 낡은 시골 할머니 댁에선 딸 셋을 키우키엔 좁고 열악했다.

이사를 준비하면서 할머니께서는 자꾸 시골에 남겠다는 고집을 꺾지 않으셨다.

"나는 여기 남아 밭도 일구고 맘 편히 살란다."

평생 농부로 사시며 평생 정을 나눈 가족 같은 이웃 어르신들이 있는 고향을 건강이 허락할 때까진 굳건히 지킬 수 있다는 할머니의 뜻을 결국 따를 수밖에 없었다.

"엄마, 나는 3학년 마칠 때까진 할머니랑 있을래."

겨울 방학까지는 한 달 남짓 남은 초등학교 3학년이었던 나는 할머니 곁에 우선 남기로 했다. 갑작스럽게 친구들과 할머니를 떠나기엔 마음의 준비가 필요하다고 생각한 부모님은 한 달의 유예 기간을 허락하셨다.

그렇게 이삿날 변변한 살림살이가 없었던 터라 트럭 한 대도 마저 채우지 못하고 부모님과 어린 두 동생이 시골집을 떠났다. 떠나는 트럭을 하염없이 바라보던 할머니의 시선이 아직도 기억에 남아 있는 건 우리 가족의 첫 번째 이별 의식이었기 때문이었다.

"할머니, 우리가 이사 가니까 슬퍼요?"
"아니, 당연히 나가 살아야지. 나는 나대로 살면 되는 거고."

그 당시 예순이 안 된 젊은 할머니는 내 눈에 정말 씩씩한 모습으로 각인되어 지금도 할머니를 떠올리면 독립적이고 쿨한 모습으로 남아 있다.

내 생에 엄마이자 친구이기도 했던 할머니와 단둘이 보낸 한 달은 지금도 문득문득 떠올릴 만큼 내겐 소중한 추억이 되었다. 일찍 저녁 식사를 하고 따뜻한 온돌방에 누운 할머니 곁에서 그림도 그리고, 책도 보며 뒹굴뒹굴댔다.

배가 출출해지면 간식거리를 내어 주셨는데 연탄불에 구운 고구마가 제일 좋았다. 뜨거운 껍질을 얼른 벗기지 못하는 손녀를 위해 언제나 손수 껍질까지 깨끗하게 까서 건네주던 할머니의 다정한 손길은 아직도 생생하게 기억난다.

손녀가 출출할 시간에 맞춰 연탄불 위에서 고구마를 정성껏 굴리며

익히셨다. 아기새 마냥 입만 벌리면 할미새가 넣어 주던 군고구마가
이토록 가슴 먹먹해질 음식이 되리라곤 그때는 정말 몰랐다.

 "할머니, 옛날 얘기 또 해 줘."

 고구마를 먹으면서 라디오 사연처럼 할머니의 젊은 시절 이야기를
해 달라고 종종 졸랐다. 지금은 많은 부분 잊었지만, 할아버지와 할
머니의 신혼 시절 이야기는 아직도 기억에 남아 있다. 아버지를 업고
할아버지와 외출했다가 돌다리를 건너게 되었는데 넘어질까 무서웠
던 할머니를 두고서 저 멀리 가던 할아버지가 야속해서 울었다는 얘
기였다.

 "할아버지 나쁘다. 할머니랑 아빠랑 같이 가면 얼마나 좋아."
 "원래 무뚝뚝한 사람이었지. 그래도 집에서 아기를 잘 봐줬지. 아이
를 이뻐했지…."

 어린 내가 보기엔 나쁜 할아버지를 그래도 그리워했던 할머니의 마
음을 그땐 공감해 주지 못했는데 이제야 조금은 알 것도 같다.

 초겨울의 깊은 밤 오롯이 할머니와 단둘이서 보낸 그 시간을 추억하
고 싶지만, 흐려진 기억이 자꾸만 뿔뿔이 흩어진다.

아득히 30년이라는 시간이 흘러 마흔이 넘은 나와 병원에 3년 가까이 누워 계신 할머니…. 그토록 정정했던 할머니는 내 기억 속에만 살아 계신다.

그래서 더 안타깝고 슬픈 이별을 기약 없이 기다리는 마음이랄까.

이번 생에 할머니와 남은 건, 영원한 이별을 향해 가는 시간뿐이라는 현실 앞에서 우리 가족은 매일 절망한다. 가끔 꿈에 할머니가 나오는 날엔 반가움보다 혹시나 전해질 소식에 대한 두려움이 앞선다.

"할머니는 좀 어떠셔?"
"그냥 똑같지, 뭐…."

끝이 보이지 않는 긴 터널에서 아득히 멀어져 가는 할머니, 이제는 붙잡을 수도 아직은 놓을 수도 없는 나는 엄마에게 할머니의 안부만을 되물을 뿐이다.

우리 부부의 특별한 아기

"요새 별일 없냐?"

"첫째 고양이가 아파서 이틀에 한 번 병원 다녀요."

"고양이가 나보다 낫네. 병원도 모시고 다니고…."

"고양이도 가족인데 병은 낫게 해야죠!"

"고양이가 네 새끼냐?"

친정엄마와의 통화는 언제나 변명과 호통의 그 중간 어디쯤에서 끝
난다.

결혼한 지 10년이 훌쩍 넘은 우리 부부는 소위 말하는 딩크족이다.
긴 연애를 하고 또 10년을 함께 부부로 살았는데도 아이는 없다. 아이
없는 삶을 선택한 건 결혼 후였다. 자식이 결혼생활의 연결고리가 된
다고 하지만 우리 부부는 각자의 삶을 존중하며 친구처럼 지내는 삶을
선택했고, 자녀보다는 이번 생은 철저히 '나'를 알아가는 데 시간을 쓰

고 싶었다.

이런 나도 당연히 결혼하면 아기를 낳을 줄 알았다. 정말 결혼하고 미래에 아이를 위해 온라인으로 보육 교사 자격증도 직장을 다니며 틈틈이 공부해 취득할 정도로 자녀에 대한 욕심이 컸던 나였다.

그랬던 내가 아이 없는 삶을 선택하리라곤 정말 몰랐다. 한 치 앞을 모르는 게 인생 아닌가.

결혼 초기 나는 사랑받는 며느리를 꿈꿨던 것 같다. 먼 거리에 살아서 명절 차례상 정도는 성의껏 열심히 도우리라 결심했다.

남편은 고향은 경상북도 경주, 3대 조상님까지 제사를 살뜰히 챙겨온 시부모님과 두 누나를 둔 장남이다. 친정에서도 제사를 지냈기에 결혼 후 첫 명절 풍경이 그리 낯설지 않을 거라는 생각이 컸다. 그러나 여자들은 부엌에서, 남자들은 차례만 지내고 안방에서 쉬거나 먹는 게 당연시되는 이분법적으로 나뉜 가부장적인 집안 분위기에 자꾸만 겉돌게 됐다.

일 년에 두서너 번 찾는 시댁에 가기 전부터 투덜투덜 짜증과 스트레스를 남편에게 모조리 표현했고, 남편은 변하지 않을 시댁과 나 사이에서 지쳐 갔다. 점점 좁힐 수 없는 마음의 거리가 생겨나더니 시댁과 거리가 멀어진 가장 결정적인 이유는 남편과 감행했던 귀촌으로 정점을 찍었다.

이제는 자리를 잡아 가면서 2세를 낳아 길러야 할 시기에 아무 연고도 없이 그동안의 커리어를 다 버리고 새롭게 목수라는 일에 도전해 보겠다는 아들의 뜻과 그 뜻을 지지하는 며느리를 시부모님은 쉽게 이해할 수 없었다. 물론 친정 부모님도 걱정하셨지만, 그 반대의 깊이는 달랐다.

양가 그 누구도 찬성하지 않는 귀촌을 결혼 4년 차에 감행하면서 새로운 일이 자리를 잡기까지 다시 1~2년은 둘이 너무 힘들었다. 연고가 없는 곳에서 새로운 업으로 자리를 잡는다는 게 얼마나 퍽퍽하고 눈물 나는 일인지를 매일매일 뼈저리게 느꼈다. 그래도 돌아보면 새로운 터전에서 남편과 시도했던 크고 작은 도전 속에서 희망들을 보며 부부이자 동지로 살았던 시간이었다.

작은 섬마을로 연고 없이 나무 공방을 운영하며 살러 온 젊은 부부에 대해 호기심 어린 시선을 보냈던 이웃 사람들의 질문에도 언제나 아이가 들어가 있었다.

"아이는 왜 안 낳아?"

"하나는 있어야지!"

동네에 양가 어른들 연배인 사람들의 질문 공세에 늘 웃으며 대답하는 것도 초반에는 정말 곤욕스러웠다. 하나 모름지기 타인을 향한 관심은 가십처럼 서서히 사라지기 마련이다. 어느덧 동네에선 아이 없는 우리 부부는 이제 관심 밖에 난 지 오래다. 다행이다.

귀촌 3년 차에 40년 된 마을 창고를 매입해 공방과 주거 공간이 있는 3층 건물로 리모델링을 시작했다. 목조주택 제작 기술을 배운 남편의 주도하에 나와 외국인 근로자들만의 힘으로 4개월 만에 이주할 수 있게 최선을 다했다. 그러던 어느 날, 한창 작업 중인 우리 부부에게 아기 고양이 두 마리가 왔다. 이웃에 살고 계신 한 형님이 남의 집 일을 갔다가 종이 상자에 고양이를 얻어 온 것이다.

이유는 아이 없는 우리 부부가 고양이를 가족 삼아 키우면 좋을 것 같아서였는데, 정말 당황스럽고 어이없었다. 한창 공사 중이라 새벽부터 밤까지 일하는 우리가 두 생명을 살뜰히 챙길 수 있을는지 눈앞이 깜깜했다. 그래도 겨우 눈을 떠 박스에서 꼼지락거리는 두 아이를 외면할 순 없었다. 그렇게 노랑이와 메시가 하루아침에 하늘에서 뚝 떨어진 것처럼 우리 곁으로 왔다. 돌아보면 이웃 형님이 새로운 가족을 만들어 준 셈이라 늘 감사하는 마음으로 메시, 노랑이의 대부로 모시고 있다.

이사를 하고 공방의 터줏대감으로 두 고양이는 무럭무럭 자랐다. 메시는 아기 때부터 공놀이를 좋아해서 유명 축구 선수가 연상되는 이름처럼 날쌔고 새침한 성격인 코리안 쇼트헤어 턱시도. 노랑이는 순하고 먹성이 좋은 코숏 치즈 태비. 모두 수컷으로 중성화하고서는 살이 부쩍 올랐다. 그러던 중에 2년 전 여름, 남편이 어미를 잃고 마트 주변에서 울고 있던 아기 길고양이를 한 마리 집으로 데려왔다. 온몸이 피부병으로 꼬질꼬질하고 두 눈도 세균에 감염되어 아픈 상태였다. 집에 이미 메시와 노랑이가 있어서 쉽게 합사를 생각할 순 없는 일이었지만, 아픈 아이를 모른 척할 수 없어 치료라도 해 주자는 마음에서였다.

그렇게 온 아기 고양이는 2달 넘게 병원에 다니면서 피부병이 낫고 포동포동 살이 오르기 시작했다. 그러나 두 눈 중에 왼쪽 눈은 치료에 차도가 없어 장애가 남았다.

한쪽 눈이 뿌연 안개 속 같을 텐데도 씩씩하고 호기심이 많아서 공방에서 놀다가 떨어져 다리에 금이 가서 또 한동안 병원에 다녀야 했던 개구쟁이 새끼 고양이는 우리 집 막둥이 '고동이'가 되었다.

부부가 아이를 낳는 것은 분명 축복이다. 나와 남편이 스스로 포기한 축복이고 가 보지 않은 길이다.

그 대신 우리 부부에게는 운명처럼 만난 세 마리의 고양이들이 있다. 맏이처럼 의젓했던 메시는 작년 봄, 급성 당뇨로 고양이 별로 떠났지만, 여전히 우리 부부는 세 아이의 보호자라고 생각한다. 때로는 집사처럼, 때로는 엄마, 친구처럼 노랑이와 고동이와 함께 늙어 갈 것이고 메시도 그리워하고 기억할 것이다.

고양이가 새끼냐고요?

네.

메시, 노랑이, 고동이는 모두 소중한 가족입니다.

57년생 고양이 집사

"엄마, 아빠 어디 가셨어요?"
"할머니 집에 갔지."

명절날 친정에 갔다가 매일 아침 어디론가 사라지는 아빠의 외출 목적지가 할머니가 안 계신 할머니 집이라는 걸 알았다. 정확히 말하자면, 할머니 집에 사는 고양이들의 밥이 그 이유였다.

20년 가까이 홀로 시골에서 밭을 일구시며 사셨던 할머니의 건강이 나빠져 거동이 불편해지면서 합가하게 되었다. 평생 바지런히 사셨던 할머니는 시골집을 늘 그리워하셨다. 밭에 심을 곡식들을 생각하느라, 애지중지 키우시던 고양이들의 끼니를 염려하느라 걱정으로 하루를 보내셨다. 결국 시골에 있는 밭을 놀릴 수 없다는 할머니의 강경한 뜻으로 엄마와 아빠는 철마다 씨앗을 뿌려야 했다. 그리고 또 하나의 역할이 고양이 집사였는데, 밭농사만큼이나 중요한 일과가 고양이들의 밥이었다. 명절날인 오늘 아침도 그래서 아빠는 고양이들의 끼니를 챙기러 집을 나신 것이다.

어린 시절 할머니 집에서 열 살까지 살았던 나는 할머니를 닮았는지 개보다 고양이가 좋았다. 동네에서 누가 주인인지 모를 길고양이들이 새끼를 낳으면 할머니는 생선 뼈와 밥을 그릇에 담아 내놓으셨다. 그 옆에서 나는 자연스럽게 고양이들이 먹을 물그릇을 챙겼다. 어느새 동네에서 무료 급식소로 소문이 났는지 할머니 집을 찾는 고양이들이 한두 마리씩 늘었다. 그 시절 할머니는 동네에서 캣맘으로 사셨던 것 같다. 우리 집이 시내로 분가를 하고 20년 넘는 세월을 홀로 사시면서도 할머니는 고양이들의 엄마이자 친구셨다. 혹 밥 먹으러 오던 고양이 중에 안 보이는 아이가 생기면 자식 걱정하듯 마음을 쓰셨다. 그렇게 매일 자식 보살피듯 고양이들의 끼니를 챙기며 농부로 한평생을 사셨다.

그에 반해 아빠는 고양이는 정말 질색했던 사람이다. 할머니 집에서도 곁으로 오는 고양이들을 단 한 번도 쓰다듬어 준 적 없고 미소 한번 건넨 적 없었다.

그랬던 아빠는 반강제로 고양이 집사가 된 셈이다. 할머니의 자식 같은 고양이들은 아빠의 어린 자식으로 아빠가 보살펴야 할 대상이 되었다.

"아빠, 나도 할머니 집에 갈래요."

"고양이 보고 싶은가 보네."

다음 날 아침에 아빠를 따라나섰다. 아빠는 나의 검은 속내를 간파하셨지만, 딸과 함께하는 오붓한 데이트가 내심 좋은 눈치였다.

할머니가 안 계신 할머니 집엔 처음으로 왔건만 시골집을 둘러싼 풍경은 여전히 친숙했다. 하나 달라진 게 있다면, 아빠를 향한 고양이들의 반응이었다. 아빠의 차 소리에 앞마당으로 고양이들이 하나둘씩 모여드는 진풍경이 펼쳐졌다. 할머니가 계실 땐 아빠가 오면 도망치기 바빴던 고양이들이 아빠 주변으로 옹기종기 모여 있는 모습은 정말 낯설었다.

아빠는 서둘러 밥과 물그릇을 가득 채워 주셨고, 명절 특식으로 차례상에 올랐던 생선찜이 특식으로 배분되었다.

"얼룩이는 어디 갔나?"

임신 중인 얼룩이는 출산을 앞두고 있어 창고에 있는 상자에 천을 깔아 보금자리를 만들어 주신 모양인데 보이질 않아 걱정하셨다. 따로 챙겨온 얼룩이 밥을 내려놓고서 한참을 집 주변을 돌며 얼룩이를 부르셨다. 잠깐 외출했던 얼룩이는 아빠의 음성을 들었는지 어느새 앞마당에 와 있었고, 길 잃었던 아이를 찾은 것마냥 아빠의 얼굴에 반가움이 번졌다.

"얼룩아, 여기 얼른 와서 든든히 먹어야지."

얼룩이를 챙기는 아빠에게서 다정함이 뚝뚝 떨어진다.

아빠는 일찍 아버지를 여의고 할머니를 도와 생계를 책임져야 하는 장남으로 평생 올곧게 살아오셨다. 책임감으로 똘똘 뭉친 성실한 가장이셨지만 딸 셋을 키우면서 다정한 아빠는 아니었다. 아빠랑 스킨십한 기억이 거의 없어서 결혼식에서 신부 입장을 하면서 잡았던 손이 살짝 어색할 정도였다. 그랬던 아빠가 고양이들에게 스스럼없이 다가가는 모습이 낯설면서도 좋았다.

"아빠! 집사 다 됐네."
"그런가…."

멋쩍은 듯 일흔이 다 돼 가는 집사 아빠가 웃는다.

평생을 가족을 위해 일하고 희생한 아빠의 노년에 고양이 손주들까지 또다시 부양가족이 늘어나고 있다. 평생 길고양이들의 엄마였던 할머니의 뜻을 아빠가 대를 이어야 할 의무는 없다고 생각했다. 자연스럽게 할머니의 부재를 고양이들이 받아들이게 되면 집을 떠날 것이기 때문이다.

"아빠는 왜 싫다면서 아이들을 챙겨 주는 거야?"
"내가 조금 고생하면 누워 계신 할머니나 고양이들 모두 행복하니까."

자신이 조금 더 참고 고생하면 모두가 행복할 수 있다는 아빠의 그 말이 오랫동안 내 맘속에 맴돈다.

"아빠가 고양이 집사가 될 줄을 진짜 몰랐는데…."
"그러게 말이다. 네 할머니가 평생 고양이를 거두며 사시는 걸 싫어했는데, 이제는 녀석들이 배고플까 아플까 봐 마음이 자꾸 쓰이네."

나날이 다정한 집사로 변모하는 우리 아빠. 평생 무뚝뚝한 아빠가 고양이 손주들이 생겨 수다스러워지고 감정 표현이 늘어 간다. 다정하고 멋진 할아버지로 강건하게 우리 곁을 지켜 주시길 기도한다.

고양이 집사 3代(대) 파이팅!

아빠, 우리 히말라야에서 만나!

"언니, 아빠 퇴원했어…."

입원도 몰랐던 나에게 아빠의 퇴원 소식이 전해졌다. 늘 뒷북치는 것처럼 친정 가족들의 소식은 상황 종료 후 들려온다. 둘째와 막내딸은 친정 근처에서 살기에 소소한 일상까지 함께하며 살지만 멀리 떨어져 사는 나는 거리만큼 간극이 있다.

정년퇴직 후에 음주 횟수가 점점 늘더니 술병으로 아프다는 아빠 소식을 친정엄마에게서 들으면 답답하고 속상했었다. 한편으로는 아직도 아빠에겐 술이 가장 편한 친구라는 게 서글펐다. 그런데 여기서 반전은 나 또한 '알코올 홀릭'이라는 거다.

음주 횟수와 양이 아빠보단 적어도 나는 술이 좋았다. 대학을 입학해서 선배, 동기들과 어울리며 먹기 시작한 술은 달았다. 아빠를 닮아 알코올 분해 속도가 꽤 빨랐던 것 같기도 했다. 뭣 모르고 마셨던 20대, 사회생활을 겸해 마셨던 30대, 40대에 들어서는 혼술을 즐긴다. 사람을 좋아하고 남들과 잘 어울리는 성격인데 힘든 일이 생기면 홀로 해결하는 스타일인 나, 술 한 잔의 위로로 버텨 온 시간이 많았다.

"닮을 걸 닮아야지. 그걸 니 아빨 닮냐."

성실하고 가정적인 아빠의 유일한 단점인 음주 습관을 닮은 맏딸. 엄마의 푸념은 끊이질 않았다. 친정에서 술을 마시는 사람은 아빠와 나 둘뿐이다. 나이가 들수록 점점 닮아 가는 모습에 엄마의 한숨이 늘어 갔다. 스무 살 대학을 진학하면서 집을 떠나 살면서 부모님께 잔소리를 크게 들은 적은 없었지만, 늘 술이 문제였다.

술 좋아하는 딸이 엄마는 늘 근심거리였다. 결혼하고는 엄마의 잔소리가 남편에게로 자연스럽게 넘어갔는데 신혼 때는 저녁 식사와 함께 마시는 반주가 습관이 되어 둘 다 포동포동 살이 올랐었다. 결혼한 지 12년 차 남편은 이제 반 포기 상태다. 조금씩이라도 매일 마시는 알코올 홀릭 아내를 달래도 보고 협박도 해 봤지만 모두 물거품이었다.

"나 이제 술 그만 먹으려고."
"정말? 며칠 못 가서 포기하지 않을까?"

금주 선언도 여러 번 반복됐지만 여전히 나는 술을 먹는 사람이다.

매일은 아니지만 언제나 술 한잔의 위로가 간절히 필요한 알코올 의존증. 타인에게 피해를 주진 않아도 내 몸과 마음은 병들어 간다는 걸 알지만 한 번에 벗어나기가 너무나 어려운 풀리지 않는 과제였다.

건강 악화로 반강제적으로 금주를 하게 된 아빠는 유일한 친구인 술을 잃고서 한동안 힘드셨다. 약과 몸에 좋은 음식들을 먹어도 쉽게 호전되지 않는 건강을 위해 꽤 오랜 시간 인내와 고통의 시간을 건뎌야 했다.

그 모습을 멀리서 지켜보는 나는 나의 미래 같아 보이는 아빠를 보며 괴롭고 죄책감이 몰려왔다. 정말 나도 이젠 술을 끊어야 한다고 다짐하고 실패하고 다시 다짐하고 실패하는 시간이 반복됐다.

지금은 금주 상태. 이 글을 쓰고 있는 오늘까지 한 달 정도 금주를 이어 가고 있다.

늘 술의 유혹은 있지만 참고 또 참아 본다.

술과 안녕하고 아빠의 건강이 완전히 회복되면 히말라야로 트래킹을 가고 싶다. 신혼여행으로 다녀온 안나푸르나에서 아빠 생각이 많이 났었다. 열흘 정도 트래킹을 하면서 왜 힘든 고비마다 아빠 얼굴이 떠올랐을까? 평상시에 애정 표현을 잘하는 부녀 사이도 아니건만 결혼식에서 본 아빠의 쓸쓸한 웃음 때문이었는지 이상하게 아빠가 지금, 이순간 함께 걸어 준다면 얼마나 좋을까. 그런 마음이 간절했던 시간이었다.

아빠는 평생 출근밖에 모르는 사람같이 자식들의 입학식, 졸업식에도 단 한 번 참석하지 않았다. 당연히 아빠는 출근할 테니 초대할 생각도 해 본 적이 없다. 집안의 대소사와 세 딸의 교육은 모두 엄마가 알아서 처리했고 아빠는 돈 벌어다 주는 사람이었다. 그만큼 아빠는 평생 가족을 위해 밥벌이를 열심히 해 오셨지만, 가족과 보내는 시간은 반비례했다.

"장인어른은 어떻게 그렇게 일만 하고 사셨대?"
"그러게. 그래서 나이 들수록 점점 짠해."

아빠와 보낸 추억이 손에 꼽을 정도라 등산을 좋아하는 아빠와 히말라야에 꼭 한번 오고 싶다는 생각이 들었다.

"아빠 정년퇴직하면 꼭 함께 가야지."
"그땐 내가 보내 드릴게. 걱정하지 마."

경비를 담당하겠다고 약속한 사위가 있으니 이젠 건강만 회복하고 시간만 내면 된다. 이번에야말로 아빠와 함께 떠날 수 있는 처음이자 마지막일지 모를 기회다.

생각해 보면 아빠랑 나는 닮은 구석이 많다. 닮다 닮다 못해 술 좋아하는 것까지 닮은 부녀는 모두 현재 금주 중이다. 긴 인내의 시간이 지나면 술 없이도 다른 즐거움을 찾은 우리가 있을 것을 믿는다.

먼 곳에 사는 맏딸과 아빠는 늘 서로가 붙잡을 수 없는 별 같을지도 모르겠다. 오랜만에 보면 반가운 얼굴인데도 살갑게 다가가 대화를 이어 가지 못하고 서로 바라보기만 하는 그런 사이. 이런저런 안부를 묻고 답할 때도 겉핥기식으로 끝나 버리기 일쑤인 그런 사이. 하지만 늘 힘겨울 때마다 올려다보는 밤하늘의 별 같은 사람이 나에겐 아빠라서 다행이다. 부녀가 통과해야 할 단주의 긴 터널도 언젠가 그 끝이 있을 것을 믿는다.

히말라야 깊은 산 속 빛나는 별들 아래 꼭 한 번 아빠와 깊은 포옹을 하고 싶다.

아빠, 우리 히말라야에서 만나!

김현정 작가

가족마다 고유색이 있습니다.

우리 가족은 24색 크레파스입니다.

손 마법사와 맥가이버

이상한 소리에 잠이 깼다. "우득, 우득, 딱딱 따다닥."

밥상 위에서 들리는 소리다. '뭐지?' 밥상과 쟁반 위에서 검정깨, 들깨 여러 곡물이 가득한 수제 강정들이 만들어지고 있다. 깨와 곡식들을 달달 볶아서 물엿을 넣고 잘 섞는다. 굳기 전에 얇게 밥상 위에 펼친다. 반죽 미는 나무막대로 꾹꾹 눌러 평평하게 만들어 식힌 후, 어느 정도 굳으면 칼집을 낸 후 탁탁 쳐서 일정한 크기로 잘라 소쿠리에 싹싹 담는다. 소리와 고소한 향에 잠에서 홀딱 깨서 엄마 앞으로 달려가 눈을 반짝이면, 강정 부스러기를 입 속에 쏙 넣어 주신다. 처음엔 소리로 두 번째는 향기로 유혹해, 맛으로 행복을 경험하게 된다. 달콤함과 아삭거림에 눈을 감고 만족에 취해 흥얼거린다.

살갑지 않고 무뚝뚝한 엄마는 마음을 잘 드러내지 않는다. 그래도 엄마가 좋았다. 내가 마음을 표현하면 되니까 엄마를 너무너무 사랑했다. 아니, 사랑받고 싶었는지 모르겠다. 늘 곁에 붙어서 엄마가 하는 모든 일을 보고 따라 하며 참견했다. 무척 귀찮을 텐데 묵묵히 받아 주셨다. 외로운 나는 자꾸만 엄마에게 집착했다. 엄마가 집에서 부업할 때는 돕는다고 방해만 했고, 부모님 계모임까지 따라가서 꼭 붙어 앉아 쌍화차를 얻어먹었다. 학교 갔다 오면 졸졸 쫓아다니며 앵무새처럼 재잘거렸다.

엄마가 직장 다닐 때는 너무 보고 싶어 정류장에서 매일 기다렸다. 하지만 혼나서 눈물을 쏙 뺀 후로 몰래 기다렸다. 엄마가 버스에서 내리는 모습을 확인하고 집으로 혼자 후다닥 뛰어 돌아갔다. 들키지 않는 게 목적이다. 소중한 엄마가 나를 보고 화나거나 속상하지 않았으면 했다. 그만큼 엄마가 좋았고 내 전부다. 그래서 나도 모르는 사이 엄마를 많이 닮아 버렸다. 아무것도 할 줄 모르는 채로 시집간 딸은 매일 전화해 요리법과 살림을 물어보고 배워 갔다. 엄마만큼은 못 하지만 제법 능숙해졌다.

엄마는 손 마법사다. 그 손에서는 맛있는 것은 물론 예쁜 것들이 탄생한다. 목도리, 장갑, 조끼, 스웨터를 털실로 뭐든지 만드신다. 정말 신기한 것은 손기술로 뜨개옷에 무늬를 자유자재로 넣는 것이다. 개인별로 주문받아 제작하셨다. 가끔 나에게 뽀송뽀송한 뜨개옷을 떠 주셔서 뽐내고 다녔다. 머리 모양을 다양하게 해 줘서 나름 외적으로 톡톡

튀는, 자신감 넘치는 아이로 만들어 주셨다.

　마법사는 양식을 뺀 웬만한 음식을 다 만든다. 누룽지를 바짝 말려서 기름에 튀겨 하얀 설탕을 쏠쏠 뿌린다. 어찌나 바삭하고 오독오독 씹히는지 먹을 때 어금니가 먼저 나와 밥풀과자를 반겼다. 삼 남매가 각자 개성대로 도넛을 만들면 엄마는 그걸 있는 그대로 기름에 살살 굴려 튀기고, 거름망에서 기름을 뺀 후 설탕을 듬뿍 담아 놓은 통에 퐁당 넣어 주신다. 우리는 그 못생긴 도넛들을 설탕 가루에 마구 무쳐서 바로 입속에 넣었다. 엄마는 손이 큰 편이라 늘 음식을 넉넉하다 못해 과하게 해서 질리도록 먹었다. 요리면 요리 간식이면 간식을 뚝딱뚝딱 쉽게 툭 하신다. 무뚝뚝하고 표현이 없는 엄마는 그렇게 엄마만의 방법으로 우리에게 사랑을 주셨던 거 같다.

　부모님은 한결같이 시계처럼 일하셨다. 아빠가 나전칠기 자개 공장을 운영하실 때 엄마가 삼촌들 점심을 책임지셨다. 그래서 엄마를 돕고 싶었다. 엄마의 일을 도우며 아빠의 나전칠기가 자연스레 내 눈에 들어왔다. 초등학생 눈에 너무 신기하고 반짝거리는 자개가 아름다웠다. 나무, 동물, 새 등 종류는 셀 수 없이 많아서 눈을 동그랗게 뜨고 봤다. 늘 아빠는 일하는 삼촌들보다 한 시간 빨리 시작하고 한 시간 늦게까지 일을 하셨다. 꼼꼼하게 준비하고 깔끔하게 정리하신다. 그래서 난 남자들이 다 아빠처럼 성실하고 바르며 못 하는 게 없는 사람들인 줄 알았다. 그때부터 아빠 곁을 맴돌았다. 집 근처에 일터가 있어 종종 시간을 같이 공유했다.

나전칠기 일이 바쁠 때 우리도 종류 고르길 했다. 일병 새 다리 나누기이다. 터무니없이 많아서 고르다 보면 이 다리가 저 다리 같고 저 다리가 이 다리처럼 헷갈려서 어지러울 지경이다. 길고 가는 다리, 짧고 발톱 많은 다리, 크기, 길이, 발톱 수와 모양 따라 구분하니, 날개가 기다린다. '아, 후!' 다음은 몸통, 머리, 끝이 없다.

이렇듯 다른 동물과 나무는 또 얼마나 많을까? 정말 꼼꼼하고 섬세하지 못하면 모양이 이상해진다. 덕분에 자연스레 눈썰미가 좋아졌다. 크면서 그 덕을 크게 봤다.

웬만한 가구를 뚝딱 만드는 아빠는 맥가이버다. 가구는 기본, 전기도 잘 다뤄서 이사할 때마다 스위치나 전등은 그냥 바꾸신다. 아마 도시가스랑 에어컨 설치 빼고는 다 가능하다고 봐도 무방하다. 그래서 아빠 덕분에 나도 작은 맥가이버가 됐다. 처음 생긴 내 방을 아빠와 함께 도배했고, 가구 만드실 때는 옆에 꼭 붙어서 조수 역할을 했다. 공구함에서 도구 이름만 듣고 척척 꺼내는 내공과 공구를 다룰 줄 아는 여자 맥가이버가 됐다.

어릴 때부터 부모님이 집에서 누워 있는 모습을 거의 본 적이 없다. 일을 안 하실 때도 두 분 다 가만히 계시질 못하고 늘 무언가를 하고 계셨다. 나는 그 모습을 똑똑히 봐 왔다. 그래서 하늘을 원망했다. 남에게 피해 주지 않고, 부지런하고 성실하게 노력하시는데 왜 힘들어 보이는 걸까? 그래서 청소년 시기에 다짐했다. 너무 열심히 살지 말자고. 적당히 하면서 살자고. 하지만 피는 못 속이나 보다. 나도 그렇게 살고 있다. 그래도 후회하지 않는다.

부모님 능력을 물려받은 덕분에 엄마의 손 마법으로 집안의 웬만한 소품은 다 만들고 애들과 음식으로 소통한다. 아빠의 맥가이버 기질은 남편이 장기 출장을 가더라도, 혼자 수월하게 해결하는 능력을 주셨다. 뭐든지 뚝딱뚝딱하는 사람이 됐다.

그래서 나는 부모님이 세상에서 제일 멋지고 존경스럽다. 부끄럽지만 말하고 싶다.

"엄마, 아빠 사랑합니다."

그는 늑대가 아닌 너구리다

남편과 나는 연애할 때 애칭이 '늑대'와 '여우'였다. 하지만 살다가 깨달았다.

우리 애칭이 처음부터 잘못 지어졌음을. 결혼하고 서운한 일들만 가득했다. '왜? 왜?'라는 생각만 머릿속에 맴돌았다. 연애할 때도 의문이 많았지만 결혼해서 더욱 생기는 '왜?'는 나를 너무 힘들게 만들었다. 배려심이 없는 건지 배려 자체를 모르는 건지 알 수가 없었다. 결혼 후 저녁을 먹고 디저트로 과일을 깎았다. 설거지를 마치고 식탁을 본 순간 황당했다. 빈 접시만 덩그러니 놓여 있었다. 남편은 혼자 다 먹어 버렸다. 서운한 마음에 한 소리 했더니 돌아오는 대답은 '알았어.' 퉁명스럽게 대답한다. 남편은 몇 개월이 지나도 똑같았다.

그는 해도 그만 안 해도 그만인 사람이다. 나는 쓸데없이 뭐든지 열심히 해서 안 하면 안 했지, 시작하면 사력을 다한다. 우리는 달라도 너무 달랐다. 서운한 이야기를 해 봤자 같은 말들만 허공을 떠다니고 슬픈 마음만 가득 차서 답답했다. 형님하고 말썽이 생겨도 남편은 '우리 형수가 그럴 사람이 아닌데.' 하며 머리를 저었다. 그래서 남의 편 남편이라 하나 보다. 외로워서 눈물이 났다.

신혼 때 잘하고 싶은 마음에 모든 음식을 직접 만들어 먹었다. 어디서 나오는 자신감인지 몰랐지만, 그냥 했다. 보리차부터 시작해서 육수를 만들고 일주일 식단을 정해서 장을 봤다. 매일 다른 국과 메인 음식에 반찬 3개를 기본으로 저녁을 차렸다. 직장이 신혼집에서 왕복 5시간이 걸렸지만 힘든 줄 모르고 열심히 했다. 밥 먹는 데 진심인 나는 아침을 꼭 챙겨서 출근시켰다. 지금 하라면 못 한다. 직장생활을 하며 아침저녁으로 밥을 챙기기엔 한계가 왔을 때쯤, 남편의 지방 출장이 잦아져 밥 차리기 행사는 끝났다. 일주일에 한 번, 2주에 한 번 오는 주말부부가 됐다.

연애 때보다 얼굴 보는 게 더 어려웠다. 남들은 주말부부라서 애정이 많다고 생각하지만, 너무 떨어져 지내면 되레 어색해진다. 그때 느꼈던 건 뭐랄까 하숙집 아줌마와 하숙생처럼, 친하지만 거리감이 있는 조금 불편한 사이였다. 그는 토요일 저녁때쯤 와서 월요일 새벽에 가 버린다. 우린 이런 생활을 꽤 오래 했다.

첫째가 태어나고도 몇 년을 더 그렇게 지냈다. 그래서 첫째가 4살이 될 때까지 아빠 소리를 못 했다. "아저씨 누구야? 가라고 해. 무서워."

가끔 보는 아빠가 모르는 아저씨가 돼 버려 아이는 한동안 아빠를 무서워했다. 아이를 맡기고 집안일 하면 남편은 아이를 눈으로만 보고 아무것도 하지 않았다. 두 아이를 키우는 동안 기저귀 한 번을 갈아 준 적이 없으니, 어디 가서 하소연한들 다들 다 내 탓이라 했다.

결혼 후 집안일을 혼자 다 했다. 시켜 봤지만, 마음에 들지 않아서 다시 해야만 했다. 답답할 정도로 대충대충 하는 그는 한숨만 나왔다. 그때는 무엇이든 맘에 안 들면 들 때까지 해야만 해서 나를 못살게 굴다 못해 혹사했다. 그러다 보면 밤새우는 일은 다반사였고, 부탁해도 세월아 네월아 하는 남편 때문에 기다리지 못하고 해 버리기 일쑤였다. 얄미운 너구리를 닮은 그는 나를 놀리듯 벌러덩 누워, 배를 보이고 쓰다듬으며 히죽히죽 자주 웃었다. 그런 모습을 보고 화가 났지만, 집안일을 다시 시작해야만 했다. 너구리는 나를 보고 미련한 곰이라 불렀다.

"당신은 사서 고생이야. 가만히 좀 있으면 안 돼? 왜 그렇게 쉬지를 못하는 거야."

"몰라, 나도 아무것도 하기 싫은데, 눈에 보이는 걸 어떻게 해, 내가 안 하면 누가 해! 결국, 다 내가 해야 하잖아."

하지만 돌아오니 대답은 없다. 같은 말만 되풀이될 뿐 해결책은 모른다. 몇 년이 지나 주말부부가 마침표를 찍고 함께 살았다. 너무나 바빴다. 온종일 애들과 씨름하고 집안일은 끝이 없다. 시댁 대소사와 남편을 챙기다 보니 점점 과부하가 왔고 몸과 마음이 아프기 시작했다. 불면증은 더 심해져 두통 때문에 눈이 빠질 듯 아팠다. 일 년 내내 헛바늘을 달고 살아서 음식도 마음대로 먹을 수 없었다.

가끔 미친년이 돼서 괴성을 질렀다. 마음이 마른 가지처럼 까칠까칠해 작은 마찰로도 불이 붙었다. 그럴 때마다 그는 엄마 껍딱지 첫째를 달래서 나랑 분리했다. 심각성을 느낀 남편은 혼자 진정할 수 있게 묵묵히 도와줬다. 처음 혼자 외출하던 날을 잊을 수가 없다. 버스를 타고 맨 뒷자리에 앉아 창문을 열었다. 바람이 불자 순간 눈에서 촉촉한 것이 도르르 흘러 입술에 닿았다. 너무 좋았다. 구속감이 사라지며 날아갈 듯 가벼웠다. 청승맞게 눈물이 멈추질 않아 당황했다. 혼자만 하는 육아로 번 아웃이 온 나에게 그날은 해방감을 주었다. 나만의 시간을 갖게 됐다.

알미운 너구리는 어느덧 따뜻한 너구리로 변모하고 있었다. 툭하면 멍하게 있는 날 보며 남편은 애들을 챙기기 시작했고 집안일을 도와주며 내 주변을 비워 줬다. 자신의 배가 차야 나에게 '왜 안 먹어.' 하던 남편이 이제는 내 밥그릇에 고기를 올려 주고 애들과도 오늘만 살 것처럼 온 힘을 다해 놀아 준다. 그래서 아빠를 엄청나게 좋아하게 됐다. 함께 하는 시간이 많아지고 대화도 늘어났다.

솔직히 얄미울 때가 더 많지만, 내 말을 잘 들어 주고 직설적인 조언으로 정신을 번뜩 차리게 해 준다. 소심하고 용기 없는 나를 등 떠밀어 시작할 수 있게 도와준다. 그래서 나는 저녁만큼은 정성을 다해 준비한다. 집밥을 좋아하는 남편은 야근해도 꼭 집에서 밥을 먹는다. 요리를 잘하지 못하는데 왜 그렇게까지 집밥을 좋아하는지 모르겠다. 간간한 걸 좋아하는 너구리, 싱거운 거 좋아하는 곰, 그래서 나는 국을 두 가지 버전으로 끊인다. 상차림은 남편에 대한 고마움의 표현이다.

오늘 저녁은 내 동반자 너구리가 좋아하는 김치 부대찌개에, 돼지 목살까지 두둑이 구워야겠다.

무서운 그녀들

처음부터 무서운 그녀들이 아니었다.

　첫 번째 그녀와의 만남은 생생하다. 자연분만은 한 번도 겪지 못한 아픔과 알 수 없는 불안으로 나를 두렵게 만들었다. 정신없이 진통하고 오랜 시간 끝에 새벽이 돼서 아주 작은 그녀를 품에 안았다. 너무나 작고 꿈틀거리는 그녀는 사랑스럽지만 두려웠다. 육아가 서툴러 만지는 게 무서웠다. 그녀가 다칠까 봐 너무 조심스러워 못하면 자책하고 잘하면 다행이라 생각하며 반은 정신이 나간 채 그냥 살았다. 우는 거 빼고는 얌전한 그녀는 배 속에서도 예쁘게 놀았다. 힘들지만 너무 사랑스러웠다. 주말부부라 그녀와 나 둘뿐이고 내 시간은 멈춘 채 그녀의 시간으로 24시간을 보냈다. 나의 눈과 귀 모든 촉이 그녀를 향해 있었다.

　하지만 두 번째 그녀는 달랐다. 첫째와 달리 배 속에서부터 나를 힘들게 했다. 활동적인 그녀는 쉽게 나를 잠들 수 없게 만들었다. 움직임이 너무 커서 옷 위로도 꿈틀거림이 보이게 확인시켜 주고 자신의 존재를 늘 각인시켰다. 덕분에 잠이 부족해서 진통하는 동안에도 순간순간 잠들어 버렸다. 그러다 느낌이 왔다. 겨우 정신을 차리고 남편을 깨웠다.

"아무래도 아기가 나올 것 같아. 병원 가자!"

나는 미리 준비한 가방을 현관에 두고, 자는 첫째에게 옷을 입히고 잠이 덜 깬 남편을 재촉해서 급하게 병원으로 갔다. 그리곤 몇 시간 안돼서 바로 두 번째 그녀를 만났다. 이렇듯 정적인 아이와 동적인 아이는 같은 성별이지만 달라도 너무 달라서 첫 번째 육아법이 두 번째 육아에 전혀 맞지 않았다. 그래서 너무 버거웠다.

정적인 그녀는 조용하고 한 가지에 집중을 잘하며 무엇이든 선 듯 시작하지 않고 관찰을 오래 한다. 퍼즐을 맞출 때도 한참 그림을 보고 구도와 색깔을 파악한 다음, 결심한 듯 침을 꼴깍 삼키더니 퍼즐을 맞추기 시작한다. 1시간이 지나고 끝이 나지 않는다. 완성될 때까지 엉덩이가 방바닥에 딱 붙어 있다. 밥 먹자는 말에도 대답이 없다. 나도 합세해야 끝이 난다. 한번 마음먹으면 밤을 새워 끝내는 딸이 안쓰럽다. 그런 건 닮지 않았으면 했는데 내 힘으로 할 수 없다.

책을 가지고 첫째가 차분하게 곁에 앉는다. 똘망똘망한 눈으로 쳐다보며 책을 무릎에 올려놓고 빨리 읽으라는 무언의 압박 신호를 보낸다. 자기가 만족할 때까지 나에게 자꾸만 슬며시, 책을 들이민다. 강요는 아니지만, 강요인 듯 그 뜻을 거절할 수 없다. 궁금한 것은 꼭 알아내야 직성이 풀렸다. 아이의 수많은 질문을 감당하기 위해 책과 국어사전, 네이버 검색에 도움을 받았다. 크면서 스스로 책을 탐색하며 중학교 때는 학년 중 가장 책 많이 읽는 학생 2위로 선정됐다. 상장과 상품을 들고 입꼬리가 귀에 걸린 첫째가 미소를 감추며 말했다.

"엄마, 애들이 책을 안 읽나 봐! 내 친구가 1등이고 내가 2등이래. 어이없지."

동적인 그녀 둘째는 가만히 앉아 있지 못하고 풍선처럼 온 집안을 떠다니며 덥석 만지고 탐색하고 다치며 아파했다. 수없이 반복해서 눈을 떼는 순간 그녀는 '악, 악.' 소리와 함께 닭똥 같은 눈물을 뚝뚝 흘렸다. 만지는 족족 망가트리고 찢어 버리고 '마이너스의 손'으로 불리게 됐다. 첫째가 소중하고 예쁘게 가지고 놀던 장난감은 둘째의 손에만 가면 그 기능을 상실했다. 그래서 첫째는 둘째가 나타나면 자기의 모든 물건을 사수하기 시작한다. 동생을 이뻐하던 언니는 무서운 것을 피하듯 동생을 멀리하고 등을 보이며 두려워했다. 그때부터 둘의 전쟁이 시작됐다.

사이가 점점 나빠져서 방법을 찾아야만 했고, 나중에는 말릴 새도 없이 싸워서 둘의 구역을 나눌 수밖에 없었다. 한방을 같이 쓰다 보니 각자의 공간을 줄 수 없어 작은 텐트 두 개를 구매했다. 각자의 취향대로 첫째는 공주 텐트, 둘째는 파란색 성 텐트로 꾸미고 주인장 허락 없이 들어갈 수 없다는 규칙을 정해 약속장을 써서 이름을 적고 방문에 붙였다. 크면 클수록 둘에 성향은 확연히 보였다. 둘 다 여자라서 그대로 물려주면 된다는 생각은 오산이다. 두 배의 에너지와 육아비가 필요했다.

정신을 차릴 새 없이 무섭다는 '사춘기'가 시작됐다. 첫째는 조용하지만 묵직하고 숨 막히는 무서운 시어머니를 모시고 사는 상황이라면, 둘째는 언제 불똥이 튈지 모르는 활활 타오르는 불화산 앞에 서 있는 것 같다.

첫째의 사춘기는 좋아하는 책으로 소통했다. 도서관에서 배운 하브루타와 독서 토론을 변형해 우리 집 책 수다로 만들어 대화를 나누며 마음을 탐색했다. 딸들에게 궁금한 주제로 그림책을 여러 권 가져와 한 권을 같이 선택해서 얘기했다. 그녀들의 관심사와 생각을 알게 돼서 숨통이 살짝 트였다.

산을 하나 넘고 '야호!' 했더니 다른 산이 '이리 와.' 손짓한다. 산을 어떻게 넘어야 할지 막막했다. 나도 오춘기가 와서 머리에 꽃을 꽂은 광

녀라 감정이 제어가 안 된다. 줌 수업과 도서관을 집처럼 들락거리며 배움으로 나를 진정시키고 있었다.

이모티콘 만들기와 제페토를 배우며 둘째에게 도움을 요청했다. 관심을 보이며 불화산이 조금씩 변모해서 영업과 휴무를 반복했다. 둘째의 관심사를 찾을 수 있는 계기가 됐고, 게임과 웹툰으로 소통이 가능해졌다. 캐릭터의 상황을 우리와 동화시켜 대화하며, 싸우지만 시간이 제법 걸리는 해결책을 찾아가는 중이다.

둘째와 내가 싸우고 있으면 첫째는 '또 시작이네. 나를 찾지 마세요.' 하는 눈빛으로 조용히 방에 들어간다. 그 모습에 싸움을 멈추고 생각할 시간을 가질 수 있게 됐다. 안다고 생각한 그녀들은 자신만의 세계를 만들고 인격을 완성해 나가고 있다. 나도 뒤늦게 나를 찾는 중이라 그녀들의 따끔한 가르침으로 용기 내서 일도 하고 글쓰기를 배우며 존재함을 느낀다. 귀엽고 사랑스럽던 그녀들은 어느덧 홀로서기를 시작하며 무서운 그녀들로 성장하고 있다. 멋진 여성이 되어 가는 중이다.

미래의 그녀들 모습을 상상하며 온몸이 떨리는 설렘을 감출 수 없다.

집 밖이 무서워

그녀는 표면적으로 평범하다. 오랜 시간 함께한 사람들은 다르게 말한다.

"걸어 다니는 종합병원이야."
"아니, 보따리장수야. 가방 안에 없는 게 없어."
"그녀는 명랑하다 못해 돌아이 같아."
"반응 잘하고 조용한 사람이야."

그래서 "넌 어떤 사람이야?" 하는 질문에 그녀는 선뜻 대답하지 못한다. 한참을 생각해도 모르겠다는 눈빛으로 쳐다볼 뿐이다. 겉모습은 170이 조금 안 되는 키에 머털도사처럼 사선으로 뻗는 생머리다. 나이에 비해 앞머리 라인이 흰머리로 가득하다. 딱 벌어진 솟은 어깨에 팔만 원숭이처럼 길어서 소매가 맞은 옷을 찾기 힘들다. 허리가 길어 다리가 짧아 보이는 게 그녀의 콤플렉스다. 손은 여성 장갑이 작고, 발은

260이라 예쁘고 싼 가격의 신발을 찾기가 힘들다.

"엄마, 발가락이 손가락 같아. 징그러워."

그녀의 딸이 말한다.

솔직한 딸의 말에 그녀는 상처받는다. 작은 말에 상처받고 작은 친절에 마음이 따뜻해진다. 마음이 널뛰기 선수다. 바닥을 치다가도 훌쩍하늘로 올라가 붕붕 날아다닌다. 어린 시절부터 그랬다. 외로워서 사람과 같이 있고 싶지만 늘 혼자라서 인정에 목말라 있었다. 생명체를졸졸 쫓아다녔다. 처음엔 엄마 그리고 아빠를 강아지처럼 꼬리를 흔들며 '나 좀, 봐주세요. 뭐든 시켜만 주세요. 곁에 있게 해 주세요.' 얼굴을들이밀고 살을 비비며 존재 여부를 느끼고 싶어 외치고 있었다.

공부도 못하고 잘하는 게 없는 그녀의 선택은 착한 사람이었다. 무식하게 열심히 하는 사람, 거절 못 하는 만만한 사람, 써먹기 좋고 불평못 하는 사람이 됐다.

그들은 친절하게 다가와 편하게 사용하고 귀찮으면 모른 척했다. 주변 사람들의 그런 행동에 자신을 노출했다. 멈추고 싶지만, 빠져나오는 법을 몰랐다. 버릇처럼 콕 박힌 그 패턴을 사람마다 바꿔 가며 맞췄다. 뒤통수를 몇 번이나 맞고 달라져야 하는데 혼자가 될까 봐 두려웠다. 그녀는 집과 밖이 다를 수밖에 없었다.

"너는, 이름이 뭐니?"

초등학교 입학식 선생님의 물음에 울며 집으로 돌아갔다.

그녀는 소심하다 못해 겁쟁이였다. 초등 고학년 때 전학하며 낯선 학교는 아침밥을 거부하게 했다. 극심한 긴장이 몸을 지배해서 위가 제 기능을 하지 못했다. 전학 첫날은 공포영화였다. 선생님의 소개 후 자리로 들어간 순간 애들은 개미 떼처럼 몰려와 내 주위를 둘러싸고 파도처럼 따가운 말로 철썩철썩 때렸다. 폭풍 같은 말들을 쏟아낸다. 대답할 시간도 주지 않고 한 명씩 수없는 말을 그녀의 머릿속에 억지로 쑤셔 넣었다. 시골에서 자유롭게 살던 그녀는 서울로 이사하며 소심해졌다.

남의 시선을 의식하며 눈치 보기 시작했다. 그때부터 있는 듯 없는 듯 튀지 않으려 노력했다. 중학교에서도 통할 것 같던 그림자 방법은 헛수고가 되고 괴롭힘을 당했다. 반에서 친목 도모로 학기 초에 마니토를 했는데 애들은 뜻과 반대로 적대감을 드러내며 마지막 롤링 페이퍼에 반은 무관심과 악의적인 말들을 선심 쓰듯 던져 줬다. 애들만 알고 담임은 모른 채 1년을 살았다. 아침이 두려웠다. 잠들기 힘들었다.

잠들면 아침이 될까 봐 눈을 감을 수 없었다. 그녀는 집 밖이 무서웠다.

　여러 상황을 대비해 가방에 오만 것들을 가지고 다녔다. 비상약부터 시작해서 우산, 반짇고리, 여벌의 옷 등을 보따리장수처럼 큰 가방에 담아 몸처럼 달고 다녔다. 심적 불안으로 입맛을 잃고 음식 섭취가 힘들어졌다. 고등학생 때 온몸 구석구석이 아파서 '종합병원'이란 별명을 얻었다. 평소에 조용한 사람을 유지하던 그녀는 몸이 정신을 지배할 때 명랑을 넘어 '돌아이'가 된다. 주변 사람을 당황하게 만들고 청승맞게 굴을 파서 들어가 무소식을 희소식으로 만들지 못하고 병문안을 오게 했다.

　긴장이 최고조로 올라갈 때가 있다. 주로 입학식, 졸업식, 면접, 첫 출근, 자기소개처럼 많은 시선을 느낄 때 그녀는 얼음이 된다. 성인이 되고 회사 면접을 보려고 가던 길에 그녀의 몸은 대비책을 뛰어넘는 기적을 발휘한다. 약을 먹고 음식을 소량으로 섭취하고 만반의 준비를 하고 가는데도 별수 없다. 지하철을 타고 가던 중 정거장을 지날 때마다 숨이 가빠진다. 주변 소리가 귀에서 작아지고 음소거가 되는 순간, 몸은 공중으로 뜨고 앞이 깜깜해진다. 그녀가 눈을 떴을 때는 지하철 밖 의자에 덩그러니 혼자 앉아 있었다. 그토록 그녀는 집 밖 세상과 힘들게 싸우고 있다. 나이를 먹으면 유연하고 뻔뻔해질 줄 알았는데 그렇지 않다.

그녀는 가정을 이루고 아이 둘을 낳았다. 둘째 초등학교 친구 학부모 권유로 그림책 놀이지도사를 취득했다. 그림책에 홀딱 반해 도서관을 집처럼 들락거리며 신세계를 경험했다. 그림책과 관련된 온갖 수업을 하루에 1개에서 3개를 들었다. 큐레이터, 하브루타, 글쓰기, 토론까지 학생 때 이렇게 공부했으면 장학금을 받았을 거다. 덕분에 그녀는 외로운 아이들을 위한, 그림책이 만들고 싶어졌다. 꿈이 생겼다. 그래서 배움을 멈출 수 없다. 재취업으로 체력이 부족해 버겁지만, 아무것도 안 하는 게 불안하다. 머리는 굳어 가고 몸은 둔해지고 삶에서 도태될까 봐 무섭다. 발전할 수 없다면 현재를 악착같이 유지해야만 한다.

그녀는 퇴근 후 틈틈이 도서관 수업을 듣고 책을 가끔 보며, 좋아하는 옷과 음악으로 정신적 에너지를 충전한다. 채찍과 당근을 잘 조절해야 한다. 그녀는 옷 스타일로 감정을 표현하고 집 밖 세상을 견디는 갑옷으로 사용한다. 음악은 마음을 진정시키고 최면을 걸어 하루하루를 버티게 해 준다. 출근길 이어폰을 끼고 감흥이 가는 리듬에 목이 까딱거린다. 배속이 뜨끈해지며 심장이 적당히 쪼여 온다. 몸속 세포들이 소리치듯 요란을 떨고 새롭게 변신하면 발바닥이 찌릿찌릿해진다. 가만히 있는 게 어려울 정도가 되면, 그때 그녀는 속으로 다짐하며 보호막을 설치한다.

"할 수 있다. 오늘도 잘 버텨 보자!"

서
민
영

작
가

내 안의 가족을 발견하자 나는 더 깊어졌습니다.

회색 관계

"암이네요. 정확한 건 수술을 해 봐야 알겠지만 심각하진 않습니다…."

이비인후과 담당 의사의 설명은 계속되었다. 한마디도 놓치지 않으려고 애썼지만 예상치 못한 검사 결과와 의사의 심상한 태도에서 오는 간극으로 인해 정신이 혼란했다. 환자가 받을 충격을 줄여 주려고 연기하는 것인지 대학병원인 만큼 더 심각한 경우를 자주 봐서 대수롭지 않은 것인지 분간할 수 없었다.

한 달 전쯤 남편의 왼쪽 목울대에 500원짜리 동전 크기만 한 혹이 솟았다. 남편은 동네 병원을 방문했다가 염증이 차서 절제해야 할 수도 있으니 큰 병원으로 가 보라는 권유를 받았다. 대학병원에서는 일반적으로 검사가 기본 절차이므로 검사 결과를 기다리면서도 별 걱정하지 않았다. 옆에 앉아 있는 남편의 얼굴을 흘깃 보았다. 갑작스레 낮잠에서 깨어난 사람처럼 멍한 표정이었다.

예정보다 수술 시간이 길어졌다. 수술은 잘되었지만, 두경부에서 림프절로 전이된 부분이 넓어 절개 부위가 컸다. 일단 중환자실에 있다가 일반 병실로 옮기기로 했다. 수술이 끝난 남편을 잠깐이나마 병원 복도에서 만날 수 있었다. 기관 내 삽관을 한 채 미처 닦아내지 못한 피로 범벅인 얼굴을 보는 순간 마음이 무너졌다. 남편은 마취가 덜 풀린 상태에서 나를 바라보며 중얼거렸다. 남편 입에 가까이 귀를 대었다. 나 혼자서 짐 옮길 것을 걱정하고 있었다. 환자가 중환자실에 있는 동안 보호자는 입원실을 비워 주고 집에서 대기해야 했다. 남편 앞에서 울지 않으려 했지만, 얼굴이 일그러지는 게 느껴졌다.

어찌 보면 불행이 이어지고 있었다. 목에 난 혹은 별거 아닐 거라고 했는데 암이었다. 수술 후 바로 입원실로 옮길 거라고 했는데 중환자실에 있어야 했다. 수술만 하면 된다고 했는데 방사선 치료도 받아야 했다. 하지만 우리는 지지 않았다. 불행이 우리의 발목을 걸어 넘어뜨려도 상대에 대한 안쓰러움과 고마움의 힘으로 손을 잡고 일어섰다.

10년 남짓한 결혼생활 동안 이렇듯 돈독한 사이였던 것만은 아니다. 서로에게 불행을 주었던 시기도 있었다. 옹졸해 보일까 봐, 상황을 복잡하게 만들기 싫어서, 때로는 단순히 몸이 피곤해서 제대로 전달하지 않았던 말은 알코올처럼 저절로 휘발되지 않았다. 진득한 송진이 되어 상대에게 달라붙었다. 상대의 모습을 왜곡시킨 주범이 자신인 줄도 모른 채 너는 왜 악마가 되어 나를 괴롭히냐고 비난하기에 바빴다.

특히 남편이 술에 취해 문제를 일으키면 나의 평정심은 와장창 깨졌다. 회식 날 연락이 끊기는 건 애피타이저, 새벽쯤 길거리에서 자다가 발견되어 파출소에서 연락이 오는 건 본식, 휴대폰을 잃어버리는 건 디저트였다. 1년 새에 세 번이나 스마트폰을 잃어버리기도 했다. 세 대 모두 약정기간이 한참 남아 있었다. 세 번째로 분실했을 때는 한숨만 나왔다. 그 한숨은 활화산의 분화구에서 솟아나는 연기와 비슷했다. 단박에 새빨간 분노를 토해낼 듯한 콧김 같기도, 더 이상 분출할 힘이 없다고 포기를 알리는 백기 같기도 했다. 남편은 고개를 푹 숙이고 내가 쏘아대는 그 어떤 비난도 묵묵히 들었다.

그 당시 특이한 꿈을 꾸었다. 나는 눈매가 매서운 까까머리 남학생 뒤를 따라 오랫동안 방치한 듯한 넓은 건물 안으로 들어갔다. 밤이 아니었지만, 빛이 잘 들지 않아 방 안의 물건들은 실루엣만 보였다. 그는 나를 마주 보고 눈짓으로 지시했다. 나는 내 입안에 손가락 길이 정도의 칼날을 스스로 집어넣기 시작했다. 그 순간 깨달았다. 내가 남편에게 얼마나 상처 주는 말만 했는지. 남편을 향했던 칼날은 언제든 나에게 돌아올 수 있었다. 그 후로 날카로운 말로 남편을 찔러대던 것을 그만두었다.

연애할 때는 서로의 눈빛만 보아도 행복이 차올랐다. 결혼 초에는 불시에 늘어난 역할을 해치우느라 허덕였다. 각자의 역할에 익숙해질 때쯤에는 힘들었던 만큼 상대를 탓했다. 사랑과 증오의 줄다리기에 지쳤을 즈음 남편이 암에 걸렸다. 우리를 싣고 온 강물은 더 이상 하얗게 빛나지도, 그렇다고 검게 썩어 있지도 않았다. 다만 맑았다 흐리기를 반복하며 회색빛이 되었다.

전에는 회색이 지니는 흐리멍덩함이 싫었다. 정체가 불분명하고 줏대 없는 색이라고 여겼다. 한데 돌아보니 지금 남편과 나의 관계는 회색에 가깝다. 환한 빛 속에서는 차츰 하얘지고 깊은 어둠 속에서는 까맣게 물들어 간다. 언제든 하양이나 검정으로 변할 수 있다는 걸 알기에 겸손해진다. 극으로 치닫지 않는 회색 관계에 평온해진다. 이제는 안다, 우리의 노력으로 회색도 얼마든지 빛날 수 있음을.

내가 정할 수 없는 것

〈인사이드 아웃 2〉 애니메이션의 주인공처럼 내 머릿속 본부의 주 조종 감정은 '불안'이다. 불확실함은 내 안에서도 밖에서도 넘쳐났다. 나는 불확실함을 확실함으로 바꿔 나가는 과정을 통해 안정에 이를 수 있었다. 고로 새로운 환경이나 사람에게 적응해야 할 때 내가 취하는 태도는 탐색이었다. 기존의 경험을 바탕으로 새로운 대상에게서 익숙한 점과 낯선 점을 찾아냈다. 탐색을 통해 인식을 마치면 안심이 되었다.

연년생 두 딸의 엄마가 되면서 나의 탐색 더듬이는 쉴 새 없이 까딱였다. 이 새로운 생명체가 누구 혹은 무엇을 닮았는지를 파악해야 했다. 첫째의 경우 외모는 남편을, 성격은 나를 닮았다. 둘째는 정반대였다. 우리 집에서 '누구 닮아서'라는 말은 다른 집에서 통용되는 문맥처럼 기분 나쁜 뉘앙스가 아니었다. 가끔 아이들은 웃음기 가득한 눈빛으로 말했다.

"내가 엄마 닮아서 그렇잖아."

너희 둘 다 엄마 닮아서 이마가 넓어. 첫째는 아빠 닮아 키가 커. 둘째는 아빠처럼 여행을 좋아하네. 첫째는 엄마처럼 엉덩이가 무거워. 아빠 닮아서 미식가야. 엄마 닮아서 편식하네. 우리 가족은 놀이하듯 공통점을 찾아냈다. 신체든 성격이든 부모의 특징을 섞어서 닮은 아이들을 보면서 새삼 유전의 신비를 느꼈다.

첫째는 나를 닮아 내향적이었다. 그런데 초등학교 2학년 때 학급 임원 선거에 나가고 싶어 했다. 나는 어릴 때부터 남들 앞에 서는 것을 극도로 꺼렸기에 의아했다. 떠밀리듯이 부반장을 몇 번 한 적은 있어도 내가 직접 장이 되고 싶었던 적은 한 번도 없었다. 나와 달리 남 앞에 서는 것을 좋아하는 남편 성격이 첫째에게 갔나 보다 했다. 둘째는 남편을 닮아 외향적이었다. 그런데 부침개 뒤집듯 기분이 바뀌었으며 타인의 시선을 너무 의식했다. 남편의 느긋하고 약간은 안하무인격인 성격과 달랐다. 관계에 예민한 내 성격을 둘째가 닮은 듯했다. 이렇듯 기본 가정에서 벗어난 결과가 도출될 때마다 나는 고개를 갸웃거릴 수밖에 없었다.

그 이유를 예상치 못한 곳에서 발견했다. 시어머니와 나는 공통점이 많았다. 둘 다 장녀였다. 어른에게 꾸중 듣는 것이 두려워 모범생으로 살았던 것, 남에게 폐 끼치기를 싫어하는 것, 친밀한 사이에서도 경제적인 선은 정확히 긋는 것 등등, 성격 및 가치관이 일치하는 편이었다. 친정아버지와 남편에게도 공통적인 특질이 있었다. 둘 다 장남이었다. 흥이 많고 사람 사귀길 좋아했다. 그러나 고부나 옹서 간은 혈연관계가 아니었기에 분명 다른 점이 더 많았다. 차이점을 반추하다 보니 첫째와 둘째가 우리 부부를 닮은 듯하면서도 닮지 않았던 것은 부모보다 조부모를 닮아서일 수도 있겠다고 그때 깨우쳤다. 기질로만 보면 첫째는 시어머니와, 둘째는 친정아버지와 흡사했다. 그렇다면 자식을 키우는 것이 우리 부부에게는 각자의 부모를 이해할 기회이지 않을까.

나는 아이를 통해 남편을 이해하게 되는 적이 더러 있었다. 이를테면 배변 습관의 경우 5분도 채 안 걸려 볼일을 끝내는 나와 달리 남편은 최소 20분의 시간이 필요했다. 바쁜 아침 시간에 하나 있는 욕실을 독차지하고 있는 남편에게 제발 스마트폰을 거실에 두라고 잔소리했다. 그런데 첫째는 스마트폰을 쥐고 있지 않아도 오랜 시간 동안 볼일을 봤다. 또한 남편과 첫째는 책이든 텔레비전이든 무언가에 집중할 때 주변의 소리를 잘 듣지 못했다. 남편의 행동이 고의가 아니라 타고났다는 사실을 알게 되자, 나는 좀 더 너그럽게 남편을 대할 수 있었다.

둘째가 친정아버지의 기질을 많이 물려받아서일까. 때때로 나는 둘째를 키우는 게 어려운 과제처럼 느껴졌다. 아버지와 내가 충돌하듯 둘째의 기질은 나와 상반되었다. 둘째에게 무엇이 필요하고 둘째가 무엇 때문에 속상한지 첫째에게 하듯이 얼른 파악할 수 없었다. 이런 고민을 한 지인에게 털어놓았다. 뜨개바늘처럼 콕콕 찌를 수 있는 말을 포근한 뜨개 주머니에 담아 건넬 줄 아는 따뜻한 사람이라 나는 종종 그녀에게 조언을 구했다. 그녀의 대답은 잠시 나를 멍하게 만들었다.

"내가 보기에는 둘째가 문제이지 않은데. 민영 씨는 왜 자꾸 친정아버지와 둘째를 비교하지? 둘째는 친정아버지가 아니잖아."

눈물이 솟아나려 했다. 나는 둘째에게 친정아버지의 탈을 씌워 놓았다. 친정아버지와의 갈등으로 인한 무거운 감정을 둘째에게 투사했다. 이 투사를 멈추지 않는다면 둘째와 나의 관계도 현재 우리 부녀 관계처럼 어긋날지 몰랐다.

아이는 부모를 닮는다. 부모 또한 자기 부모를 닮는다. 그럼에도 우리는 모두 다른 사람이다. 사람이 사람을 키울 때 절대 잊어서는 안 되는 사실이었다. 내가 탐색이라고 명명했던 것은 실은 '틀 맞추기' 작업이었는지 모른다. 불확실한 대상을 나의 틀에 맞추어 놓고 다 안다고 안심했다. 안심하기 위해서라며 속단했다. 어려운 과제는 둘째 키우기가 아니라 내 안의 불안을 들여다보기였다. 애니메이션의 '기쁨이'는 마지막에 소용돌이처럼 휘몰아치며 깜박이는 '불안이'에게 말한다. 라

일리가 누구인지 네가 결정해서는 안 된다고. 그리고 그 말이 자신에게도 해당한다는 걸 깨닫는다. 그렇다. 둘째가 어떤 사람이 될지 내가 정할 수 없다. 기쁨이든 불안이든 둘째는 자신만의 감정으로 이 세상을 살아갈 것이다. 나는 그런 둘째를 불안 대신 믿음을 담은 시선으로 지켜봐 주고 싶다.

대지 말고 돼지

엄마는 나를 '돼지'라고 부른다. 카톡을 주고받을 때는 '대지'라고 썼다. 어느 날 오자를 참지 못하고 엄마에게 정정해 줬다.

"응, 엄마도 알고 있어. 그게 더 귀엽잖아."

노안에서 오는 무심함이 아니었다니. 허를 찌르는 대답이었다. 이중모음을 눌러야 하는 수고를 덜고 어감에서 오는 귀여움까지 노린 철저한 계획이었다. 하지만 나는 엄마의 의도에 수긍할 수 없었다. 대지는 귀여움이 아니라 웅장함이었다. 나에게 대지란 펄 벅의 《대지》였기 때문이다. 지금도 밤 10시를 못 넘기고 자는 내가 생전 처음으로 중학교 때 자정을 넘겨 새벽까지 읽은 책이었다. 흥미진진한 이야기 전개에 사로잡혀 밤이 무겁게 내려앉아도 눈꺼풀은 한없이 가벼웠다.

돼지든 대지든 나는 이 호칭에 대해 둔감했다. 오히려 주변에서 더 민감하게 반응하곤 했다.

"아니, 이렇게 마른 애를 왜 돼지라고 불러요?"

엄마의 지인들이 의아해서 물으면 엄마의 대답은 정해져 있었다.

"얘가 어릴 때부터 밥을 어른만큼 많이 먹어요. 그게 예뻐서요."

엄마에게 돼지란 조부모가 손주를 부를 때 사용하는 '강아지'와 같은
의미였다. 엄마는 대중 정서를 생각하지 않고 당시 초등학생이던 사촌
동생을 돼지라고 부르기도 했다. 좀 통통했던 사촌 동생은 입이 뾰로
통해져 항의했다.

"큰엄마, 저 돼지 아니에요. 왜 저한테 돼지라고 해요?"
"큰엄마는 예쁜 사람한테 돼지라고 부르는데. 민영 언니한테도 돼지
라고 불러. 그럼, 언니는 꿀돼지, 너는 꽃돼지라고 부르면 어떨까?"

한창 언니라면 무조건 좋아할 때였던 사촌 동생은 엄마의 꼬임에 넘
어가 떨떠름한 표정으로 고개를 끄덕였다. 공공연한 허락을 받은 엄마
는 다른 사촌 동생들도 돼지라고 부르며 이 호칭이 좋은 이유를 설파하
곤 했다. 귀엽다는 의미에 복스레 잘 먹는다는 의미까지 덧붙여진 것

이었으니까.

　내가 돼지라는 호칭을 달리 느끼게 되었을 때는 아이를 낳고 난 후였다. 나는 좋아하는 식물이나 사물에 이름을 붙여 주기를 좋아했다. 우리 가족의 첫 차를 '뿡뿡이'로 부르기도 했다. 한없이 꼬물대며 못생김마저 귀여운 아기. 그것도 내가 낳은 아기라니 어찌 애칭을 붙여 주지 않을 수 있겠는가. 그렇게 첫째는 '뿡이', 둘째는 '똘방구리'가 되었다. 때로는 아이들을 '똥꼬'나 '못난이'로 불렀다. 아이들이 듣기 싫어하면 너희가 너무 예뻐서 시샘 탈까 봐 그런다고 넘겼다. 실은 말썽을 피웠거나 심통 난 표정을 짓고 있어서였다.

　주말 아침, 아이는 아직도 침대에 누워 있다. 무릎을 바깥쪽으로 향하고 둔각으로 구부린 채다. 영락없이 물 위에 둥둥 떠 있는 개구리 뒷다리 모양이었다. 발목을 잡아당겨 다리를 곧게 펴 주고 턱을 위로 올려 벌린 입을 닫아 줬다. 나는 옆에 누워서 아이의 잠든 얼굴을 바라보았다. 머리를 쓰다듬어 주고 여름을 보내며 검게 탄 손등을 어루만졌다. 아이는 내 손길에 뒤척이다 손등으로 두 눈을 비빈다. 몸을 쭉 뻗고 기지개를 켜며 엎드렸다. 나는 아이의 엉덩이를 손바닥으로 퉁퉁 치며 반사적으로 내뱉었다.

　"어유, 우리 돼지 잘 잤어?"

아. 돼지라는 말은 이럴 때 나오는 거였다. 어떤 기대나 실망도 품지 않고 아이를 있는 그대로 바라볼 때. 우리 엄마가 나에게 전해 준 사랑을 자양분 삼아 아이에게 전달할 때. 아이가 그냥 사랑스러울 때.

아이는 내가 어렸을 때 그러했듯 별다른 감흥 없이 나를 바라봤다. 돼지라는 호칭은 이미 아이에게 익숙했다. 어쩌면 이 호칭은 전승될지 모른다는 예감이 들었다. 아마도 그들은 자신의 아이를 무심코 돼지라고 부르다가 멈칫할 것이다. 자신이 왜 '돼지'라는 말을 쓰는지 의아해하면서.

꿈이 알려 주는 이야기

나는 꿈을 잘 기억한다. 대학교 2학년을 마치고 휴학했던 시절에 이 능력을 계발했다. 꾸준히 꿈 일기를 적고 꿈과 관련된 책을 읽었다. 무엇보다 내가 꾼 꿈에 진지한 관심을 기울였다. 꿈을 기억하는 것이 무슨 능력이냐고 의아해하는 이도 있겠으나 대부분 꿈을 잘 기억하지 못하기에 나는 이를 능력이라 여겼다. 꿈은 내 무의식을 보여 주는 거울이었다. 그 거울을 통해 꼭꼭 숨겨져 있던 자신을 발견했다. 등잔 밑이 어두운 것처럼 자신을 아는 것이 가장 어려웠다. 꿈은 어둠을 직시하는 방식으로 나를 반성케 하거나 빛을 조우하게 하여 나를 위로해 주었다. 아래의 꿈은 나에게 머리를 띵하게 가격하는 충격과 아울러 눈물에 씻긴 차분함을 안겨 주었다.

나는 수평으로 된 무빙워크를 탔다. 무빙워크 바로 왼쪽 벽은 허리 높이쯤부터 창문이 쭉 이어진다. 창밖으로 일상적인 도심의 풍경이 펼쳐진다. 멍하니 창밖을 바라보는데 내 뒤에 있던 외국인들이 소곤거린다. 나는 그들의 대화에서 들은 '대륙'과 '불'이라는 단어 조각으로 불타오르는 '지옥'의 이미지를 조립한다. 액체에 닿은 리트머스지가 축축해지듯이 나는 두려움에 스며들었다. 이 꿈에서 깰까 말까 망설인다. 나의 회피를 용납하지 않겠다는 듯 무빙워크가 끝난다. 한 여자가 무빙워크 끝에 있는 문 앞에 섰다. 발랄한 이미지와 변신의 귀재로 인기가 많았던 90년대 댄스가수다. 그녀는 하늘색 바탕에 하얀 도트 무늬로 된 두건을 머리에 썼다. 그녀의 경쾌한 미소가 나를 안심시킨다. 그녀를 따라 문 안으로 들어가니 잡화점이었다. 이리저리 둘러보고 있는데 난데없는 질문이 나에게 달려든다.

"부모님을 사랑하나요?"

단호한 말투와 대답을 재촉하는 기세에 눌려 곧바로 말하지 못한다. 고작 생각해 낸 대답은 'I think'라는 영어로 시작했다. 그 순간 깨달음이 섬광처럼 번뜩였다. 나는 부모님을 진정으로 사랑하지 않았다. 자식으로서 당연히 부모님을 사랑해야 한다고 생각했다. 당위성에 갇힌 사랑이었다. 오열하는 나에게 그녀는 색연필 한 쌍을 건넸다. 빨간색과 파란색이다.

눈물은 꿈 밖까지 따라왔다. 어스름한 빛이 새벽을 알려 주었다. 나는 아이들과 남편이 깰까 봐 소리 죽여 울었다. 이 꿈을 꾸던 시기는 아버지와 심하게 불화했을 때였다. 아버지는 나를 마땅찮아했다. 왜 전화를 자주 안 하느냐, 언제까지 장롱면허인 채로 운전을 안 할 거냐는 등 아버지로서는 바른 말씀이었지만 나에게는 트집이었다. 아버지는 만났을 때 별말씀 안 하다가 내가 친정에서 돌아온 직후나 며칠이 지난 후 전화를 걸어 화를 냈다. 이런 일이 반복되자 친정에 가기 전이나 친정에서 돌아오면 아버지가 내게 언제 분노를 퍼부을지 모른다는 걱정에 극도로 불안했다. 휴대폰에 아버지 성함이 뜨면 가슴이 철렁하다가 나중에는 벨 소리만 들어도 심장이 두근거렸다. 지금까지도 휴대폰 알림을 절대 벨 소리 모드로 하지 않는 이유다.

이 꿈을 꾸고 나서도 바깥 상황은 해결되지 않았다. 나는 여전히 아버지와 갈등한다. 우리는 갈등하고 있으나 나는 반목하지 않는다. 즉, 아버지를 미워하지 않는다. 꿈을 꾸기 전까지는 나에게 상처를 주는 아버지가 무섭고 미웠다. 아버지를 두려워하는 마음의 이면에 적개심이 있었다. 그러나 꿈을 꾸고 난 후 알았다. 진정으로 사랑하지 않으면서 미워할 수는 없다. 사랑의 반대말이 증오는 아니라지만 사랑과 증오는 청홍의 태극 문양처럼 짝을 이루는 감정이다.

아버지를 미워하지 않으니, 아버지한테 상처받은 후 엉뚱한 곳에 분풀이하지 않는다. 내 안에 미움이 가득했을 때는 그 탓을 다른 이에게 돌리고 싶었다. 남편 때문에, 엄마 때문에 이런 일이 생겼다고 오인했다. 실은 아버지와 사이가 나빠서가 아니라 내가 효녀가 아니라는 사실이 힘들었나 보다. 꿈은 나에게 말해 주었다. 효녀인 척할 필요 없다고. 나의 진짜 마음이 중요하다고. 아버지의 마음이 헤아려지지 않는 것은 전이나 지금이나 매한가지다. 머리로는 이유를 짐작하지만, 가슴으로 받아들여지지 않는다. 이제 나는 침착하게 대응하려 한다. 내 안의 미움과 두려움을 걸어낸다면 언젠가는 아버지의 마음을 이해할 수 있을 것이라 믿는다. 때로는 방향이 틀릴 수도 있겠지만 걱정하지 않는다. 나는 꿈을 통해 나에게 맞는 방향을 찾아가는 중이다.

박미경 작가

나는 사랑조차 게을렀던 건 아닐까….

엄마가 물려준 유산

"어, 아들, 퇴근 중이가? 용용이 엄마는 몸조리 잘하고 있어?"
"응, 다음 달은 산후조리 도우미 지원금 없이 자비로 써야 할 것 같아. 계산해 보니 한 달에 300이 넘게 드네."

용용이는 올해 여름에 태어난 조카 태명이다. 남동생의 둘째 아이.

맞벌이를 이유로 친정엄마의 육아 도움을 계속 받아 왔던 나에게 300만 원이 넘는 산후도우미 비용은 꽤 충격적이었다.

올케와 남동생은 2년 전 경기도의 처갓집 근처에 임시로 자리를 잡았다. 둘 다 육아휴직을 쓸 처지가 되지 않아 처가의 도움을 받기 위해서이다. 하지만 첫째 아이가 돌이 되기도 전에 장모님의 허리 통증이 심해졌고, 아직 걷지도 못하는 아이를 어린이집에 맡길 수밖에 없었다. 그러다 몇 달 뒤 둘째가 생겼고, 기쁨보다 더 큰 현실적 고민들이 동생 부부를 짓누르기 시작했다.

갑자기 생각난 듯 내가 엄마와 동생의 통화에 끼어들었다.

"그럼 나는 엄마 덕분에 얼마를 아낀 거지? 무려 8년이라는 시간이
니, 한 1억 되려나."
"나 그럼 너한테 1억 물려준 거다. 물려준 유산 없다고 원망하지 마."

과연 부모는 부모다. 빚을 졌다고 할 줄 알았더니 유산이라니….

동생에 비하면 나는 꽤 수월히 육아를 이어 왔다. 임신 막달에 이삿
짐 싸기를 시작으로 부산에서 서울까지 올라와 아이를 봐주신 나의 엄
마. 그리고 무신경했던 나는 우울증이 엄마의 정신을 갉아먹고 있는지
알아채지 못했다.

수면 부족으로 '메니에르'라는 귓병이 시작되었고, 메니에르가 진정
될 즈음 목의 이물감으로 괴로워하셨다. 불편해진 몸은 결국 우울증이
라는 마음의 병까지 데려왔다.

'다 나 때문이야. 내가 먹고살겠다고 엄마를 망쳐 놨어.'

종일 일그러진 얼굴과 무기력한 표정….

엄마는 우울증에서 벗어나기 위해 비가 퍼붓는 날에도 우산을 쓰고 집을 나섰다. 주름진 발에 비닐을 칭칭 감고 지압 길을 걷고 또 걸었다. 때로는 숨이 막힌다며, 겨울밤 온 집안 창문을 다 열어 놓고 옥상에 올라가곤 하셨다.

나는 엄마가 올라간 틈을 타 남편과 언성을 높였다.

우울함이 뒤덮은 집안에서 불만은 오해를 만들고 불화를 일으키고 있었다.

"사실 어젯밤에 옥상에 올라갔는데 확 뛰어내리고 싶다는 충동이 들더라. 그런데 너희들이 눈에 밟혀서 도저히…."

이제 한계치에 도달했다는 직감에 나는 엄마를 부산으로 보내 드리고 급하게 친정아빠께 등원만 부탁드렸다.

그리고 남편에게 큰마음을 먹고 선전포고했다.

"우리 부산에 내려가서 살자. 일단 내가 이직해서 먼저 내려갈 테니,

자기는 집 팔리면 그때 내려와."

그렇게 우울증이 극에 달한 엄마를 부산으로 모셔 놓고, 머지않아 우리도 부산으로 뒤따라 내려왔다. 아픈 엄마도 걱정되고, 엄마가 없어진 나도 걱정이 됐기에.

다행히 엄마는 옮긴 병원 덕분에 우울증을 치료할 수 있었고, 부산에서 다시 성당 활동을 하며 밝은 웃음을 되찾으셨다.

하지만 요즘도 오랜 기억을 끄집어내어 걱정을 곱씹으신다.

"예전에 니 외할머니한테 내가 왜 그리 대들고 모질게 굴었을까. 말이 안 통하고 고집만 부리시니 어찌나 짜증이 나던지. 나도 나중에 너랑 사이가 안 좋아질까 봐 걱정된다."

그럴 때마다 나는 엄마를 안심시킨다.

"내가 엄마한테 더 잘할게. 엄마한테 인정받지 못한다고 느끼면 나도 욱해서 터뜨릴 때가 있긴 한데 조심해야지."
"네가 편해서 그렇지, 무시한 적 없어. 늘 공부하고 자기 발전을 위해 노력하는 대견한 딸이라고 생각하고 있어."

먹고살기가 너무 힘에 부쳐 어서 호호백발이 되게 해 달라고 기도했다는 엄마.

그런 엄마의 시간을 빌려 쓰는 나는 여전히 무뚝뚝하고 민폐스러운 딸이다. 그것도 무려 8년이라는 시간을 유산으로 받은.

하지만 우리는 안다. 때로는 지지고 볶고 언성을 높여도 벼랑 끝에 몰릴 때 서로의 손을 잡아주는 것이 부모와 자식이라는 것을.

가끔은 이기적인 자식이 미워도, 아프다는 한마디에 한없이 작아지는 그 이름은 바로 부모이고 나의 엄마이다.

남편과 응급실

과묵한 우리 집 남자가 또다시 입을 닫았다.

기나긴 침묵은 삼 일 전 아침, 남편의 종아리에 올라온 두드러기를 발단으로 시작되었다. 퇴근 후 삼 일째 저녁밥도 거부하고 몸이 안 좋다며 잠만 자는 남의 편.

뒤집어쓴 이불을 비집고 머리를 밀어 넣어 접촉을 시도해본다.

"병원에서 주사 맞고 약 처방도 받았어. 신경 쓰지 마."

혹시나 몰라 다른 병원에도 가 보자는 말에 다시 이불을 머리끝까지 올려 버리는 그는 진정한 의지의 한국인이 분명하다.

"자기 나랑 얘기 좀 해. 정말 아픈 거 맞아? 아니면 또 화가 난 거야?"

침묵으로 일관하는 그의 태도에 단단히 삐친 게 분명하다는 확신이 들었다. 안방 허공에 댄 나의 외침에 그는 거북이마냥 빼꼼히 고개를 내민다.

"나… 병원 좀 데려다 줘."

난생처음 듣는 부탁에 놀라, 남편의 얼굴을 다시 들여다보았다.

맙소사….

얼굴은 벌겋게 상기되어 있었고 어제까지 가라앉았던 두드러기가 온 몸을 뒤덮고 있었다. 혹시나 싶어 황급히 서랍 안 체온계를 가져왔다.

"38.6도? 자기 열나네. 내가 못 살아, 정말. 왜 진작 말 안 했어?"

죽을 것 같다며 몸을 접어 고개를 바닥에 떨구는 남편을 보자, 눈앞이 흐려지며 머릿속은 백지장이 되었다.

"어디를 가야 하지? 피부과는 7시라 문을 닫았고 응급실로 가야 하나?"

아픈 남편을 잡아끌고 택시를 타러 집을 나섰지만, 오늘따라 호출되는 택시가 없다.

"조금만 참아. 금방 갈 거야."

정신을 부여잡고 5분 만에 잡힌 택시에 몸을 밀어 넣었지만, 하필 퇴근 시간이라 온 도로가 꽉 막혀 있다.

끙끙 앓는 남편과 타들어 가는 나의 마음, 그리고 새어나오는 헛웃음.

'우리는 참 대화가 부족한 부부구나. 소통이 안 되고 친하지 않네, 우리….'

다행히 응급실 주사 덕분에 남편의 열은 잡혔지만, 집으로 돌아오는 택시에서 우리는 한마디의 대화가 없었다.

돌이켜보면 신혼 때부터 대화가 없었던 것은 아니다. 우리에게도 수다로 잔을 기울이며 밤을 지새우던 시절이 있었다. 하지만 지금은 마른 논바닥처럼 건조한 사이가 되어 버린 우리…. 부모가 되며 삶의 무게에 짓눌려 여유를 잃어버린 걸까, 아니면 부딪히고 싸우게 될까 봐 거리 두기 하고 있는 걸까.

주변의 다른 부부들을 보니 더 확연히 비교되었다. 그들은 가끔 지지고 볶긴 해도 메시지로 일상을 나누고, 함께 운동하며, 서로의 얼굴을 보며 웃고 있었다. 특별할 리 없는 시답잖은 농담도 부부끼리 유대감이 있어 가능한 것이다.

나는 그들의 친밀함이 부러웠다.

'우리 다시 친해질 수 있을까?'

그러기 위해서는 진심을 전달하는 것이 중요하다는 생각이 들었다.

말보다 글이 편한 나는 남편에게 장문의 편지글을 썼다. 내가 우리 가정과 당신을 얼마나 생각하는지 꾹꾹 눌러, 미뤄 두었던 마음을 전했다.

잔소리를 안 한다는 핑계로 서로에게 관심이 부족했던 건 아닐까.

편지의 효과인지, 이젠 남편도 서서히 마음의 문을 열어 가고 있다.

요즘은 가끔 부부 동반 지인 모임에 참여하고, 쌓인 감정이 있으면 대화를 먼저 요청하기도 한다.

'그때 응급실에서 보니 허벅지가 나보다 더 얇던데…. 몸이 왜 이렇게 앙상한 거야?'

오늘따라 남편의 꺼칠한 피부와 듬성듬성 하얀 새치가 더 마음에 걸리는 이유는, 사랑 때문일까 아니면 가족이라는 이름으로 묶여 있는 운명 공동체이기 때문인 걸까.

10년이 넘는 시간이 지난 지금, 우리 부부는 처음의 두근거림 대신 익숙함이 남은 사이가 되었다. 그리고 오늘 저녁도 지친 하루를 슬그머니 식탁에 내려놓고, 힘들었던 일들을 안주 삼아 남편과 저녁 식사를 한다.

"오늘 무슨 일 있었어? 표정이 왜 그러냐?"

종종 헛다리를 짚지만, 나를 궁금해하는 그의 질문이 고마운 하루이다.

앞으로는 싱거운 농담도 하고 귀여운 구박도 해 줘야지…. 그런 사이가 부부이고 가족이 아닐까.

'10년째 낯가리는 우리, 이제 조금씩 친해져요.'

게으른 육아

"부모로서 너는 좀 부족해, 확실히."

자려고 누운 나의 머리맡에 쏟아지는 친정엄마의 날 선 지적이 오늘따라 가슴속을 비집고 들어온다.

그래 인정한다. 게으름을 넘어 나는 엄마로서 몹시 부족하다. 새벽 출근 워킹 맘이라는 핑계로 게으름은 일상이 되었다.

변명하자면 올해 초 정규직으로 전환되며 출근 시간은 빨라지고, 퇴근 시간은 더 늦어졌다. 가정을 위해 선택한 결정인데 나는 점점 지쳐가고 있었다.

직장의 업무 강도가 올라갔지만 내 성과는 거기에 미치지 못했고, 나는 밤낮으로 점점 무기력해졌다. 1년째 지켜 오던 아침 독서와 운동 루

틴을 하지 못한다는 사실 또한 나에게 박탈감을 안겨 주었다.

아침에 눈을 뜨는 순간 고역이 시작되었다. 감사함과 긍정 대신 나태하고 부정적인 생각만이 내 머릿속을 가득 채우고 있었다. 그래서일까, 요즘 들어 매일 저녁 식사 후 놀이터에 나가자는 아이의 칭얼댐이 버겁게 느껴졌다.

"엄마를 너무 사랑해서 학교에서 이거 만들어 왔어."

학원 차에서 내리자마자 내 품에 안기며 꼬깃꼬깃 만든 종이접기를 들이미는 아이….

사랑둥이로 잘 크고 있는 아이에게 고맙지만, 주변 부모들에 비해 부족한 내 육아에 한없이 미안함을 느낀다.

'먹고살기 바쁘다는 핑계로 내가 내 위주로 사는 건 아닐까?'
'내가 게을러서 아이에게 경험의 기회를 주지 못하는 건 아닐까?'

다시 생각해 보아도 나는 자신의 계발에 더 관심이 많은 게 사실이다.

사실 결혼 후 꽤 오랫동안 아이를 가지지 않았던 이유도 내가 워낙

하고 싶은 것이 많은 사람이었기 때문이다. 집안일보다는 직업적 커리어에 관심이 많았고, 지인들과 어울리거나 동호회 활동을 좋아하는 사람이었다. 그런 내가 엄마가 되어 자녀를 위해 많은 것들을 포기할 수 있을까…. 고민의 세월만 3년이다.

하지만 어느 순간 나도 엄마가 되고 싶다는 생각이 들었다. 엄마가 되는 경험을 하는 것과 하지 않는 것, 어떤 쪽을 선택해도 후회는 남을 것 같았다.

'그렇다면 후회하더라도 엄마가 되는 게 낫지 않을까?'

모성애가 나를 더욱 강인하게 만들어 적어도 외동아이 한 명 정도는 잘 케어할 수 있지 않을까 생각이 들었다. 주변 친구들이 하나둘 아이 엄마가 되어 가고, 그들이 내가 알 수 없는 부모의 언어로 이야기할 때 그 열망은 더욱 간절해졌다.

결론을 얻고 임신 준비를 하면 모든 일이 순조롭게 흘러갈 거라 생각했지만, 그건 순진한 나의 착각이었다. 생각보다 되지 않는 임신에 마음은 점점 타들어 갔고, 술자리로 귀가가 늦은 남편에게 종종 화가 나기도 했다.

아이를 임신하고 나서도 마땅한 전셋집을 구하지 못해서 막달에 서러운 발품을 팔았고, 출산 후에는 금전적 문제로 기저귀 값조차 아쉬운 시절이 있었다. 하지만 그런 굴곡들 덕분에 인생의 맷집을 키울 수 있었다고 믿고 있다.

이 모든 게 엄마가 되고 얻은 경험이다.

가끔 내가 아이에게 최선을 다한다고 느끼지 못할 때, 피곤하다는 이유로 주말에 집콕 육아를 할 때, 나는 자신에게 화가 난다. 때로는 죄책감을 느낀다.

종일 조잘대는 아이의 입술을 볼 때, 호기심 많은 아이를 볼 때 마음이 아프기도 하다. 똑똑한 너를 내가 방치하고 있는 건 아닌지.

종종 또래에 비해 걱정이 많고 예민한 모습, 때로는 친구 관계에서 힘들어하는 아이를 볼 때 마음 한구석이 불편할 때도 있다. 너를 임신했을 때 내가 마음고생을 심하게 해서, 아니면 육아하면서 나의 불안이 전달되어 그런 건 아닐까. 마음이 여린 나를 닮아 너의 친구 관계가 힘든 건 아닐까.

그럴 때마다 1년 전 유치원에서 가져왔던 활동 카드를 떠올린다.

'나에게 부모님이란?'

'항상 나를 사랑해 주는 분.'

'부족해도 너는 우리를 이렇게 생각해 주는구나. 고마워….'

좀 더 여유 있는 직장으로 옮기게 되면 이 지독한 무기력증에서 벗어날 수 있을까. 다시 아침 루틴을 시작하면, 폭식증을 극복하고 관리하는 삶을 살 수 있겠지. 그렇게 되면 사랑하는 너와 놀이터에서 기꺼이 뛰어놀며, 열정이 가득한 엄마로 변신할 수 있을지도 몰라.

이 모든 건 생각, 가정, 의문이지만 내가 변하면 지금의 생활만큼은 달라질 거라는 건 분명한 사실이다. 수많은 물음표를 뒤로 하고, 오늘 저녁은 오동통한 너의 모찌볼을 붙잡고 마구 비비어 본다.

'사랑해, 너무 사랑해, 아들…. 엄마가 더 노력할게.'

또 다른 가족

"미갱, 생일 축하해."
"오늘 생일인데 맛있는 거 먹으러 가겠네."

일요일 아침부터 분주한 단체 채팅방 알림.

대학 친구들이 카카오톡에 뜬 내 생일 알림을 본 모양이다.

"고마워. 어제저녁, 시골에서 고기 구워 먹어서 그걸로 생일파티 대신하려고. 나이 드니 내 생일 챙기는 것도 귀찮네."
"맙소사, 생일 초는 불었지?"
"아니, 안 했는데."
"내가 속상해서 안 되겠다. 오늘 일요검진 때문에 출근했는데 이 언니가 수당으로 케이크 하나 보내 줄게."
"아니야, 피땀 흘린 수당으로 케이크라니, 마음만으로도 정말 고마워."

"그냥 받아. 기프티콘으로 보내면 오늘 니가 안 살 것 같아서 집으로 바로 배달시켰어."

언제부터였을까, 삶에 떠밀려 내 기념일은 뒷전이 되었다. 특히나 올해는 챙길 여력도 마음의 여유도 없었던 게 사실이다. 힘든 9월을 보내고 있었던 터라 생일조차 거추장스럽게 느껴졌다. 그런데 기어이 생일 케이크를 보내 주는 친구. 고맙고 미안했다.

'내가 받은 만큼, 나는 너희에게 진정한 친구였나?'

이직 스트레스로 힘든 내 마음을 안다며, 응원의 메시지와 함께 개인 톡으로 생일선물을 챙겨 주는 친구들, 해외 여행길에 내 선물까지 챙겨 오는 지인들, 늘 서로를 챙겨 주는 독서 모임 엄마들, 멀리 있지만 힘들 때마다 전화를 걸게 되는 나의 벗들….

친구가 보낸 치즈케이크에 불을 붙이는데, 울컥하고 무언가가 올라 왔다. 내가 챙김을 받을 자격이 있는 사람인가. 케이크가 목에 걸려 넘어가지 않았다. 가끔 주변과 내 처지를 비교하며 부러움과 질투를 느낀 적도 있었다. 그들과의 약속을 소중히 했는지, 관심을 기울이고 최대한 도움을 주려고 했는지 가슴에 대고 묻고 또 물었다. 온전히 내어 주지 못하는 나이기에, 과분한 사랑에 죄책감이 들기도 했다.

문득 올해 초 건강검진을 한 일이 생각이 났다. 집 근처 병원에서 위·대장내시경을 했는데 회복실에서 간호사들의 조직검사 이야기가 어렴풋이 들렸다. 꿈인가 싶었는데 그게 아니었나 보다. 진료실에 앉자마자 친절히 설명해 주시는 여자 원장님.

"대장용종이 여러 개 있어 조직검사를 한 상태예요. 위장에도 이 부분은 조직검사를 했어요."

순간 머리가 멍해지고 걱정이 밀려왔다.

'설마 안 좋은 혹은 아니겠지? 위는 왜 조직검사를 한 걸까?'

의료기사로 병원에서 일을 하고 있지만, 막상 나에게 닥친 일에는 평정심을 유지하기가 힘이 들었다.

일주일의 시간이 멈춘 것마냥 더디게 느껴졌다.

"조직검사 결과는 좋네요. 위, 대장 모두 괜찮아요."
"감사합니다. 정말 감사합니다."

괜찮다는 말에 힘이 풀린 다리를 끌고 급하게 병원을 나섰는데, 그사이 세 통이나 와 있는 부재중 전화.

"어머. 전화 온 줄도 몰랐네요. 잘 계시죠?"

온라인 모임에서 알게 된 글벗이 전화한 것이다. 오늘 나의 조직검사 결과가 나오는 걸 알고 있는데, 메시지도 안 읽고 전화도 받지 않아 너무 걱정했다는 것이다.

"결과가 어떻게 나왔어요?"
"괜찮다네요. 걱정해 주셔서 너무 감사해요."
"휴, 정말 다행이에요. 연락이 안 되어서 어찌나 걱정되던지."

내 건강을 걱정해 주는 사람이 가족 말고 과연 몇 명이나 될까. 따뜻한 그녀로 인해 현명한 개인주의를 핑계로 무심했던 내가 보였다. 그 마음이 고마워 더 열심히 살아야지, 나은 사람이 되어야지 다짐했다. 내가 큰 도움이 되지 못해도, 작은 배려와 격려의 말 한마디면 끈끈한 우리 관계를 유지할 수 있지 않을까.

진심으로 함께 기뻐해 주고 슬플 때 울어주는 친구, 몸이 멀어져도 가끔 안부를 묻는 사이, 만나기 위해 기꺼이 시간을 만드는 정성. 어둠이 켜켜이 내려앉은 어느 저녁, 수줍은 취기를 빌려 이야기할지도 모르겠다. 우정은 가끔은 피보다 더 진한 것 같다고.

류
지
연 작
가

가족을 온전히 미워한다는 것은 참 힘든 일입니다.

그냥 사랑하세요. 그게 더 쉬워요.

야무진 꿈 좀 꿔 볼게요

"아버지, 저 방울토마토가 먹고 싶어요. 들어오실 때 조금만 사다 주세요."

입덧 때문에 힘들어하던 내가 면사무소에 가시려고 현관을 나서는 시아버님께 하는 말이다. 아버님은 신발을 고쳐 신으시다 말고 내 얼굴을 슬쩍 쳐다보시곤 종잡을 수 없는 표정으로 말씀하신다.

"세상 참 좋아졌다. 며느리가 시아버지한테 심부름도 시키고 흠, 흠."

헛기침하며 나가시는 아버님의 뒷모습을 향해 한 번 더 말했다.

"단단한 것으로 사다 주세요."

웃으며 한술 더 뜨는 당돌한 며느리다. 난 아버님은 아버지, 어머님은 엄마라 부른다. 예절에 어긋난다며 나무라는 사람도 있었지만 그렇게 부르는 게 좋다. 집으로 돌아오는 아버님 손엔 방울토마토 한 상자 그리고 수박 한 통이 들려 있다. 아버님은 현관 한편에 그것을 무심히 내려놓고, 아무 말씀 없이 뒤돌아 나가셨다. 알이 단단했던 그 방울토마토가 그 계절 내가 가장 맛있게 먹은 것이었다.

시댁은 다분히 가부장적이고 유교적이다. 시아버님은 더욱 그렇다. 아들만 둘을 키우신 아버님은 나를 앞에 두고 말씀하셨다.

"자고로 우리 집 며느리는 못사는 집에서 데리고 와야 해. 그래야 생활력이 강해서 살림도 잘하고 아이도 잘 키우는 거야. 남편도 무시하지 않고."

아버님 말씀에 동의하진 않았지만, 나의 친정이 그리 넉넉하지 않으니 나는 잘사는 집 딸이 아닌 건 맞았다. 아버님의 기준은 충족했으리라 본다. 민며느리 데리고 오듯 아버님은 결혼식을 위해 소요되는 모든 비용을 부담하셨다. 나의 친정은 신혼집 세간 살림 정도만 신경 쓰면 되었다. 친정 부모님에게 나는 시집 잘 간 큰딸이라는 자랑거리가 되었다. 내 귀엔 아버님의 마지막 말이 깊게 새겨져 있어 시댁에선 남편에게 말을 높인다. 우리끼리 있을 때와는 다르게 말이다.

같은 성씨가 집성촌을 이루고 사는 이 마을은 아버님의 형제들도 지척에 살고 있다. 시댁과 걸어서 5분 거리에 큰댁이 있다. 큰댁 형님과 나는 공교롭게도 '6'이라는 숫자로 얽혀 있다. 결혼은 내가 6개월 먼저, 첫째 아이 예정일은 형님이 6개월 먼저이다. 임신 소식을 아버님께 말씀드리던 날, 아버님은 '축하'라는 말 대신 진지한 표정을 지으시고는 말씀하셨다.

　"아들은 열도 키울 수 있어. 딸은 시집가면 내 자식 아닌걸. 딸은 소용없어."

　누군가의 딸인 나에게 딸은 소용없다 하신다. 아들 또한 그녀의 남자인 걸 모르시는 것이다. 내 배 속 아이가 아들이어야만 한다는 아버님의 강한 바람이 느껴졌다. 형님과 나의 배 속 아이 둘 중 누가 아들인지가 어른들에게는 큰 관심거리이자 자존심의 문제였을지도 모른다. 의사도 알려 주지 않았던 아이의 성별은, 마을 점쟁이 구 씨 할아버지의 점괘로 나의 승리가 되어 있었다. 우연일지 몰라도 사실도 그러했다. 마치 짜 놓은 듯이 형님은 딸 아들, 나는 아들과 딸 하나씩 낳았다. 아들 열은 아닐지라도 한 명씩 구색은 맞춰 놓은 것이다.

　작고 큰 행사가 있으면 우리 가족은 항상 큰댁으로 향한다. 결혼 초에는 그 불편함과 어려움을 말로 다 할 수 없었다. 두 분의 시아버님 그리고 두 분의 시어머님이 계시는 것 같았다. 많은 양의 음식을 마련해야 하는 것은 물론이고, 찾아오는 손님은 뭐 그리 많은지. 씻어야 할 그릇의 개수는 셀 수 없다. 더욱 놀랐던 건 제사나 차례를 지내는 동안 여자들은 주방에서 거실로 나오지 않는다는 것이다. 또한, 20년이 흐른 지금도 남자, 여자 밥상을 따로 차리고 있다. 남자들의 식사 시간 동안 어머님 두 분과 두 며느리는 모자란 반찬을 살피고 제 아이들을 챙긴다. 지금은 한 명 더 늘어나 셋이 된 며느리들의 마음속 생각은 어떤지 서로 궁금해할지도 모르겠다. 어린아이들에게 가르치려 하지 않았지만, 눈으로 보고 스스로 배워 같은 행동을 하고 있다. 남자 밥상에 여자 아이는 가서 앉지 않는다. 그나마 세월이 준 감사한 변화는 각자가 먹은 그릇을 주방으로 가져다준다는 것이다.

"엄마, 내 친구들은 남자, 여자 구분해서 앉지 않는데. 다 같이 음식해서 다 같이 먹는다는데 요즘도 그런 집이 있냐면서 웃어."

딸에게 익숙한 명절 분위기가 친구들에게는 이상하게 보일 수 있다는 걸 새삼 느끼게 하는 말이었다.

"야, 그런 집 많아. 우린 모이는 식구가 많으니까 그런 거지."

처음부터 이 집 사람이었던 것처럼 시댁을 두둔하는 말, 생각과는 다른 말이 자연스럽게 나와 순간 흠칫 놀랐다. 가족들만 오붓하게 명절을 보내는 친정과 사뭇 달라 어색했던 시댁의 분위기가 지금은 너무나 익숙해져 버린 것이다.

추석 전날 아침. 시댁 갈 준비를 분주히 하는 와중 뉴스에서 흘러나오는 기자의 목소리가 들렸다.

'긴 명절 연휴를 맞아 출국을 앞둔 사람들로 공항은 인산인해입니다.'
"우린, 언제 명절에 해외여행 가 보나?"

몇 년 전부터 명절만 되면 으레 하는 나의 습관적인 물음이다.

부러움이 잔뜩 묻어나는 목소리로 본심을 슬쩍 내비쳐 보지만 돌아오는 남편의 대답은 한결같다.

"우리 집은 말이야. 그런 일은 있을 수 없어. 조상을 모셔야지. 꿈 깨."
"아이고, 네. 네."

이 남자, 유교의 피가 찐득하게 흐른다. 어떤 여자들에겐 명절이 노동인 것을 모르는 것 같다. 훗날 내 며느리가 될지도 모를 누군가의 딸을 위해 변화가 필요하다. 내가 풀어야 할 숙제이다. 아버님에게 방울

토마토 사 달라고 아무렇지 않게 말하는 것처럼,

"이번 명절은 친정에 먼저 들렀다가 와도 될까요?"
"아버님, 어머님 이번 명절은 저희와 여행 가시는 거 어때요?"

라고 웃으며 말하는 내 모습. 그런 날을 야무지게 상상해 보고 있다.

그 남자 옆 그 여자

"자기야, 이번 여름에 매미 봤어?"

매미 소리가 유난히 큰 나무 옆을 지나며 남편은 내게 묻는다.

"응, 땅에 떨어져 있는 거."

아무 감정 없이 대답하는 나를 당황스러운 듯 쳐다보곤 다시 묻는다.

"어? 아니 힘없이 땅에 떨어져 죽어 가는 매미 말고 나무에 붙어서 우렁차게 울고 있는 거 본 적 있냐고?"
"음, 그런 거? 아니."
"그럼, 저기 봐봐! 저기도 있고, 저기도 있어."

내 어깨를 감싸 바짝 끌어당기고 눈높이에 맞춰 고개를 숙인 채 손가락으로 매미의 위치를 가리킨다. 나와 남편의 대화는 항상 이렇다. 감성적인 남자. 무감각한 여자.

대학 신입생 환영회에서 처음 만난 남편은 나와 결이 다른 사람이었다. 외모, 성격, 취미, 인간관계 유형까지 맞는 게 하나도 없다. 184cm 훤칠한 키, 90년대 한창 유행하던 가수 김원준의 머리 스타일, 모범생처럼 보이는 뿔테 안경, 끈이 긴 농구 가방을 한쪽 어깨에 걸치고, 한여름에도 얇은 긴 팔 남방의 소매를 걸어 입어 팔뚝의 힘줄이 매력적으로 보이는 그. 반면 나는 그의 허벅지 두 개를 붙여야 내 한쪽 허벅지 굵기와 같아지는 뚱뚱한 몸, 짧게 친 커트 머리를 기르고 있어 단정하지 않은 머리 스타일, 여성스러움은 전혀 찾아볼 수 없는 선머슴 같은 여자였다. 결혼하고 사는 중에도 술에 취한 동기 중 한 명은 그가 왜 나와 결혼했는지 이해되지 않는다며 헛소리를 늘어놓곤 했다. 나에 대한 배려였을까? 인간관계에선 다다익선을 고집하던 그가 그 동기와는 더는 연락하지 않는다. 너무 다른 남자와 여자가 7년을 만났고, 24년째 함께하고 있다.

버스 타고 학교 가는 길 중간 어느 정류장에서 그가 탄다. 처음엔 우연한 만남이었다. 버스 안에서 우린 많은 이야기를 했고, 그는 나와 말이 잘 통한다고 했다. 나 역시 그와의 대화가 즐거웠다. 그가 있을 정류장까지 가는 길은 설렜고, 그가 버스에 오르지 않으면 학교까지 남은 시간은 지루하기 그지없었다. 어느 날부터는 그가 버스 안에 있는 날 볼 수 있도록 항상 오른쪽 창문 앞을 고집하기 시작했다.

태생이 자신감 없는 아이였던 나는 그와 만나기 시작하면서 더욱더 움츠러드는 사람이 되었다. 그는 매사를 밝게 보고, 타인과 만남을 즐겨 하는 긍정적인 사람이었다. 반대로 난 혼자인 것을 좋아하고, 사람들과 만남에서 많은 에너지를 빼앗기는 소극적이고 부정적인 사람이었다.

내 외모에 자신이 없던 나는 그가 날 창피해할지도 모른다는 생각에 종종 빠져들었다. 그는 한 번도 "살 좀 빼." 소리를 한 적이 없다. 나 혼자만의 자격지심이 사소한 다툼에도 크게 반응하는 사람으로 나를 변화시켰다. 모든 사람에게 밝은 에너지를 주는 그였지만, 그 곁의 나는 마치 해를 등진 채 서 있는 거목이 드리우는 긴 그림자처럼 점점 더 어두워져만 갔다.

학기가 끝나 여름방학이 시작될 무렵 난 결심했다. '성격을 바꾸자.', '자신감을 가져 보자.' 하지만 말처럼 쉽지 않았다. 그렇다면 '살을 빼자.' 최고의 성형은 다이어트라고 하지 않던가? 다짐했지만 운동은 싫었다. 가끔은 숨 쉬는 것도 귀찮을 때가 있었으니 말이다. 다만, 방학동안 난 최대한 음식을 제한하고, 교통비도 아낄 겸 가능하면 어디든 걸어 다녔다. 이것이 내가 할 수 있는 다이어트였다. 태어나 처음 하는 다이어트였으므로 몸무게는 쉽게 줄어들었다. 참고 참다 식탐이 솟구치는 날이면 음식을 토하도록 먹었다. 내 건강했던 위는 금세 탈이 났고, 몸무게를 잃은 대신 위장병을 얻어 한동안 병원 치료를 받아야 했다. 개강하던 날 내 몸무게는 종강하던 날보다 12kg 줄어 있었다. 학교 가는 길이 어찌나 즐겁고 가벼웠는지 모른다. 방학 동안 가끔 나와 만났던 그는 조금씩 변하는 내 외형에 놀라지 않았지만, 동기들은 달랐다. 평소 말도 잘 섞지 않던 남학생이 내가 좋다며 고백하는 일까지 벌어졌으니 말이다. 이게 무슨 일이지? 목소리, 성격, 행동 나는 모두 그대로인데 단지 내 몸에 붙어 있던 지방 덩어리 12kg이 빠졌다고 마치 내가 다른 사람인 것처럼 대했다. 도대체 이해되지 않으면서도 한편 기분 좋은 만족감은 숨길 수 없었다.

"난 너에게 한 번도 뚱뚱하다고 말하지 않았어. 왜 그렇게 살을 빼려고 애를 써? 난 너무 마른 여자 좋아하지 않아."

그를 위해서라는 명목으로 시작된 다이어트였지만, 나의 헤비급에서 라이트급으로의 체급 변경을 그는 반기지 않았다.

중년이 된 나는 아쉽게도 다시 예전의 체급을 회복해 가고 있다. 내가 어떤 모습이든지 있는 그대로가 좋다고 말하던 그가 아니 지금의 남편은 가끔 본심인지도 모를 말을 하곤 한다.

"아, 진짜 사진 찍기 싫어. 사진만 찍으면 왜 이렇게 덩치가 크게 나오지?"

"크게 나오는 게 아니야. 큰 거야."

"입을 게 없어. 옷 좀 사야 할 것 같아."

"그 뱃살 빼면 옷장에 입을 옷 많지 않을까?"

"…."

반박할 말을 찾지 못했으니, 남편의 말을 인정한 꼴이 되었다.

평소에 말장난을 많이 하는 남편이지만 이런 말들은 장난이 아닐 수도 있지 싶다.

"자기, 우리 처음 만났을 때 내 뚱뚱한 모습에도 내가 좋았어?

라며 간지러운 질문을 해 보았다.

"그걸 말이라고 하냐? 그땐 그런 거 안 보였어."

"근데, 지금은 맘이 변했어?"

"아니, 맘은 안 변했어. 단지 시력이 좀 더 좋아진 것 같아."

라고 말하며 큰 소리로 웃어 상황을 모면하려 한다. 이런 말들에도 맘이 상하지 않는 건 예민하지 않은 나의 무감각한 성격 덕분일지도 모른다. 열정적인 감정의 회오리 없이 우린 가마솥 안에 끓는 물처럼 천천히 편안하게 만나 왔고 또 그렇게 살고 있다. 절대 어울릴 것 같지 않은 긍정적인 그와 부정적인 내가 만나 그 둘의 어디쯤인 중간 지점을 찾아가며 살아가고 있다. 감당하기 힘든 일도 있었고, 남이 될 뻔했던 일도 있었지만, 그의 밝음과 나의 어둠은 낮과 밤이 서로의 역할을 교대할 때 생기는 저녁 하늘 노을빛처럼 그렇게 어우러져 모나지 않게 살아가고 있다.

엄마의 부재가 안겨 준 선물

　오랜만에 간 대중목욕탕. 오늘따라 유난히 나이 든 엄마와 역시 나이 든 딸이 함께 목욕 온 사람들이 많다. 물이 흥건한 바닥, 시끄럽게 쏟아지는 물소리, 물안개가 자욱한 탕 안에서 혹시라도 넘어질까 조심조심 엄마의 손을 잡아 자리로 이끄는 딸을 바라보는 노모의 눈빛은 세상의 모든 게 엄마로 수렴되는 어린아이의 그것과 같다. 엄마의 나이가 어느 정도 되어야 모녀의 역할이 저렇게 바뀌는 걸까? 힘없이 늘어지고 굽은 노모의 등을 정성스레 닦아내는 중년을 넘긴 딸들의 정겨운 모습이 유독 눈에 거슬린다. 보기 좋고, 다정한 모습을 보면서도 나는 마음 한편,

'난 한 번도 엄마의 등을 밀어준 적이 없구나!'

　라는 죄책감인지도 모를 불편한 짜증이 올라온다. 보기 싫다. 고개를 돌리고 시선을 아래로 내려 노란 때수건으로 오른쪽 허벅다리만 하릴

없이 닦고 있다.

   나와 엄마는 18살 차이가 난다. 어린 엄마가 역시 어리고 가난한 아빠를 만나 기쁜지 슬픈지 행복한지 두려운지도 모른 채 어린 나를 낳아 힘들게 키워 내었다. 그렇게 나도 꾸역꾸역 자랐다. 미워하는 사람을 닮아 간다고 했던가? 방 한 칸짜리 집에서 같이 살면서도 가난한 아빠를 탐탁지 않게 생각했던 외할머니도 그 외할머니를 쏙 빼닮은 엄마도 가끔은 미웠다. 당시 이모들 모두 형편이 우리보다 나았다. 외할머니는 형편 좋은 이모들을 제쳐두고 굳이 우리 집에 살았다. 그러면서도 아빠를 홀대하는 외할머니를 이해할 수 없었다. 참아내는 아빠도 마찬가지다. 아침에 일어나 거울을 볼 때마다 나에게서 엄마가 보인다. 점점 더 판박이가 되어 가는 나에게 스스로 묻는다. 어떻게 살아가야 나에게서 엄마를 안 볼 수 있을까?

"아이고, 장모님 오셨어요?"

마흔 중반이 되면서부터 남편이 종종 나에게 하는 농담이다.

"그 말 하지 말라고!"

싸늘한 표정으로 화를 내었다.

나에게서 보이는 엄마의 모습이 싫다. 비단 외모뿐만이 아니다. 내 아이들이 볼 나의 모습이 내가 보는 엄마의 모습과 같아질까 두렵다.

엄마의 두 번의 부재는 나에게 많은 변화를 선물했다. 첫 번째 부재는 6~7살 여름 저녁에 시작되었다. 네 살 터울 어린 동생도 남겨 두고 엄마는 사라졌다. 아무리 기다려도 그 밤 엄마는 돌아오지 않으셨다. 가난이 싫어 두 자매를 그 가난에 남겨 두고 그렇게 사라졌다. 엄마에 대한 그리움보다 엄마를 찾아다니며 점점 피폐해지는 아빠에 대한 연민이 내 맘속에 더 크게 자리 잡았다. 아빠를 더 힘들게 하면 아빠도 사라질 것 같아 소리 내어 울지 않는 아이가 되어 갔다. 눈물이 나면 떨리는 가슴과 어깨는 숨길 수 없지만 모든 얼굴의 근육에 힘을 주고 입을 꽉 다물어 소리 내지 않으려 안간힘을 쓴다. 나는 지금도 소리 내어 울지 않는다. 그렇게 울지 못한다. 계절이 바뀌면서 돌아온 엄마는 항상 우리 곁에 머물렀지만, 내 맘속에선 엄마의 외출에 대한 불안함과 불신의 싹이 이미 커진 상태였다. 연민과 불신이라는 선물을 간직하고 아이는 자랐다.

둘째 임신 3개월 되던 때. 엄마의 두 번째 부재가 시작되었다. 엄마에게 돈을 빌려주었다는 사람들. 매일 그들이 찾아왔다. 아빠는 일터에서 불편한 잠을 자고, 동생은 집에 잘 들어오지 않았다. 그들은 친정 근처 나의 13평 조그만 집을 모임 장소인 듯 찾아와 몇 시간이고 앉아 있었다. 험한 말과 가끔 터지는 고성은 덤이었다. 난 딸이라는 이유로 엄마와 공범이 되었다. 이모부 보증과 관련되었다는 것 말고는 그 많은 돈이 어디에 사용되었는지 나는 아직도 모른다. 내 이름의 신용카드 세 개도 사용하고 있었다는 건 사건이 터지고 알았다. 하루가 멀다고 찾아오는 그들이 두려워 나는 문밖에서 발소리가 나면 없는 사람처럼 숨도 쉬지 않고, 경직된 몸을 구석에 기댄다. 두 살 된 큰아이가 소리라도 낼까 조바심이 나 그 어린것의 조그만 입을 내 큰 손으로 막고, 여린 몸을 움직이지 못하게 꽉 끌어안았다. 긴장감으로 바싹 마른 입술이 붙어 버리는 것만 같았다. 내 품에 잡혀 나를 쳐다보는 아이의 눈을 미안함 때문에 마주하지 못했다. 순간 어린것에게는 내가 가장 두려운 존재였을지도 모른다. 처음엔 사라진 엄마를 이해하려고 노력했다. 엄마 잘못이 아니라고, 혹시 나쁜 생각을 할까 싶어 잠을 못 이루고 피가 말랐다. 눈물만 흘리던 나는 점점 진화되어 갔다. 시간이 흐를수록 강해지고 독해졌다. 아니, 뻔뻔해졌다. 급기야는 채권자들과 소리내어 싸웠다.

"직접 찾아서 사기로 고소해요. 엄마가 어디 있는지 알면 내가 신고하고 싶을 지경이에요."

친정의 모든 게 순식간에 사라졌다. 돈으로 바꿀 수 있는 것들은 그들이 가져갔다. 집은 급매로 팔아 채권자들이 나누어 가졌다. 하루아침에 거지꼴이 되었다. 아빠가 혈혈단신으로 상경해 어린 엄마와 힘들게 일궈 놓은 모든 건 모래성이 파도에 무너지듯 사라졌다. 이러한 일련의 일들은 나에게 뻔뻔함과 강인함을 선물해 주었다. 모든 일이 정리되고 안정을 찾기까지 지옥 같은 시간이 필요했다.

다정한 모녀 사이라고 보이진 않더라도 요즘은 가끔 엄마를 본다. 내게서 뿜어져 나오는 냉기를 애써 감추려 하지 않는다. 엄마는 동생에게 불만을 말하곤 했다.

"네 언니 저년은 연신 잘하고도 저 주둥이로 다 까먹어. 말을 왜 저렇게 인정머리 없이 차갑게 한다니?"

나는 대꾸하지 않는다. 엄마 말이 맞기 때문이다. 엄마를 향한 나의 단어는 뾰족하고 차다. 자존심 강한 엄마가 나이 들어 약해지는 모습이 안쓰럽다. 반면, 모든 걸 잃고 힘들게 사는 모습에 화가 난다. 내 행동은 이 두 가지 감정에 따라 스위치 눌리듯이 순간순간 변했다. 미움과 연민의 팽팽한 줄다리기. 이 둘의 공존이 꽤 힘들다. 얼마나 더 지나야 편안한 표정으로 엄마를 마주할 수 있을까? 시간이 약이라는 말이 나에게도 통할까? 후회할 거라는 걸 알지만 쉽게 변하지 않는다. 나이 들면서 좁아지는 혈관만 걱정하고 있었는데 좁아지다 못해 사라져 버릴 것 같은 마음을 더 걱정해야 할지도 모르겠다.

쉰, 자립할 나이

"엄마, 고마워, 내가 많이 사랑해"

일주일 만에 집에 온 아이는 술에 잔뜩 취해 있다. 머리는 흐트러지고 눈은 반쯤 감고 들어와 술주정인지 진심인지 모를 말들을 울먹이며 한다. 정신을 차리려 노력하는 듯이 두 손으로 얼굴을 감싸기도 하고, 머리를 쓸어 넘기기를 반복한다. 손바닥을 쫙 펴 입술을 한 번 닦고, 짙은 알코올 냄새를 훅 풍기며 말했다.

"아빠도 대단한 것 같아. 난, 아빠가 때려 준 뺨 덕분에 사춘기가 확 사라졌잖아."

큰아이 사춘기 시절 반항심 가득한 아이에게 남편은 크게 화를 낸 적이 있었다. 아이의 뺨을 연거푸 때리는 아빠, 아빠의 다리에 매달려 말리는 작은아이. 맞고 놀라 부엉이 눈을 하고 얼어 있는 큰아이. 처음이

자 마지막이었던 우리 가정의 폭력 사태였다. 눈은 감고, 고개는 푹 숙인 채, 혀는 꼬여 있는 아이에게 한마디 했다.

"이게 미쳤나? 술 마셨으면 가서 자."

자다 깨 짜증이 나기도 했고 본 적 없는 아이의 모습에 이유 모를 눈물이 날 것도 같아서 맘에 없는 앙칼진 소리를 한다. 손바닥으로 아이의 등을 몇 대 때리고 손을 휘휘 저었다. 남편도 친구들과 캠핑 가고 없는 오늘, 혼자 편히 쉬는 나를 깨우는 아이를 내 방에서 쫓아내었다.

큰아이는 전역한 이후 독립을 원했다. 아이가 말한 독립은 주거지 분리였지만, 부모가 말한 독립은 경제적 분리였다. 의견 차이로 독립에 대한 의지는 잠시 소강상태였고, 아이는 독립을 위해 1년을 넘게 준비했다. 학점을 최대한 빨리 채우기 위해 노력했고, 시간을 쪼개 많은 아르바이트를 하며 돈을 모았다. 안정적인 수입이 생기자마자 독립을 다시 원했다. 월세는 스스로 감당하기 버겁다며 전세 이야기를 꺼냈다. 부모는 1억이 넘는 돈을 지출하면서까지 독립시킬 생각이 없다고 반대했다. 아빠는 아이에게 말했다.

"청년 전세 대출이라는 게 있더라. 진짜 나가 살고 싶으면, 네가 알아보고 최대한도로 받아 봐. 나머지 자금은 보태어 줄게. 또, 대출이자와 생활비는 스스로 해결해. 그게 독립이지."

 아이는 알겠다고 대답했지만, 표정은 어둡게 굳어 있었다. 다음 날부터 아이는 집을 알아보기 시작했다. 맘에 드는 집을 찾는 건 어렵지 않았다. 그렇게 모든 일이 순조롭게 진행될 줄 알았다. 국가에서는 청년들에게 전세 자금을 대출해 준다고 했고, 일선 은행에서는 이자 회수가 어렵다며 꺼렸다. 4곳의 은행에서 거절당한 아이는 기운 빠진 목소리로 전화를 걸어왔다. 이토록 짧은 시간에 많은 거절을 당한 경험이 아이에겐 없다. 자존감이 많이 무너지는 힘든 시간이었을 것이다.

 "엄마, 나 포기할래. 대출이 안 되면 계약금 돌려받을 수 있게 특약 넣었으니까 그거 돌려 달라고 전화할게."

 풀 죽은 아이의 목소리에 마음이 아팠고 안쓰러웠다. 내가 나서서 은행을 찾아 주고 싶었다. 돈을 다 줘서라도 힘없이 처진 아이 어깨를 세워 주고 싶었다.

 "엄마가 모두 해결해 줄게."

 하마터면 이 말이 목구멍으로 튀어나올 뻔했다. 전세 자금 만들어 주는 일이 뭐 어려운 일이라고. 이제 막 사회생활을 시작하는 20대 초반

아이에게 1억이 넘는 거금을 대출받으라고 하는 것이 부모로서 옳은 걸까. 과연 정당성이 있는 걸까. 후회되고 혼란스러웠다. 부모는 아이의 독립에 도움을 주지 않기로 서로 약속했다. 스스로 해 보는 것이 옳다고 생각해서 모든 과정을 지켜만 보았다. 한 달 남짓 혼자 마음고생하는 아이를 바라보는 것이 괴로웠다. 아이는 힘들어했고, 나는 참아야 했다. 부동산에 전화를 걸어 계약금 이야기를 꺼낸 아이에게 사장님은 은행 한 곳을 소개해 준 모양이다. 아이는 그곳도 마찬가지일 것 같다며 가고 싶어 하지 않았다.

"마지막이라는 생각으로 한번 가 보자. 혹시 모르잖아? 그곳은 대출 승인해 줄 수도 있지."

아이를 설득했다. 같이 가고 싶었지만 그러지 않았다. 혼자 보내 놓고 소식이 오기를 기다렸다. 세 시간가량이 지난 후, 아이에게서 전화가 왔다. 이전과는 다른 목소리 약간 흥분한 듯 웃음이 묻어나는 목소리였다.

"엄마, 여기 안 와 봤으면 후회할 뻔했어. 엄마 말 듣기를 잘했다."
"잘됐다. 다행이네."

라고 말했지만, 내 마음과 몸은 뱉어 버린 말과는 달랐다. 팔다리뿐만 아니라 내장 깊숙한 곳에서부터 힘이 빠지는 듯했다. 지금 독립을 하면 다시 내 품으로 들어올 일이 없을 것 같았다. 전에는 생각해 보지 않았던 서운함과 외로움이 밀려왔다. 내가 아이의 독립을 원하는 게 맞는지 정확히 알 수 없었다. 혼란스러웠다. 내심 그곳에서도 거절해 주길 바라고 있었는지도 모르겠다.

아이가 나가고 몇 주가 지났다. 독립시키는 것을 망설였던 나는 사라지고 지금은 줄어든 빨래와 몇 개 없는 설거지가 그저 좋을 뿐이다. 금요일 저녁, 아이로부터 집에 오겠다는 연락이 오면 이렇게 묻는다.

"너, 독립 맞아? 왜 이렇게 자주 오냐?

술에 취한 아이는 비틀거리며 제 방으로 건너가다 말고 문틀에 왼팔을 곧게 뻗어 제 몸을 의지한 채 한마디 더 한다.

"나 처음 아빠가 독립할 수 있으면 해 봐, 라고 했을 때, 오기가 생겼어. 그래서 내가 꼭 내 힘으로 독립하고 만다. 다짐했거든. 처음엔 힘들어서 서운한 맘이 많이 들었는데. 지금 생각해 보면 좋은 경험 해 본 것 같아. 잘 자요."
"그런 말은 아빠 계실 때 해. 잘 자라."

나의 어린 두 아이는 이른 독립을 했고, 부모 또한 함께이지만 홀로 설 준비를 한다. 이제 내가 하고 싶은 일이 뭔지 찾아가고 있다. 시도해 볼 용기도 생겼다. 아이들과 남편은 더는 내 생활의 기준이 아니다. 그들에게 향하던 잔소리가 사라졌다. 서로의 생활을 인정해 주고 간섭하지 않자, 싸움도 없다. 가끔 만나 하는 이야기엔 웃음이 가득하다. 부모로부터 하는 아이의 독립은 한편, 아이로부터 하는 부모의 자립이다.

한혜화 작가

가족이라 말하고 친구처럼 살아가는 우리.

엄마의 사랑법

　큰아이의 수시 원서접수와 시험, 둘째의 고교진학 준비로 바쁜 어느 날 오늘은 뭘 먹을지 고민하며 집으로 향했다. 엘리베이터 문이 열리고 비스듬히 놓여 있는 하얀 상자가 눈에 들어왔다.

　'보낸 사람: 우리 엄마 강○○ 님'

　궁금한 마음에 번쩍 들어 올리려다 주저앉고 말았다. 엄마의 사랑이 넘치도록 배달된 것이다. 양손으로 들기는커녕, 옆에 붙은 테이프를 잡고 낑낑대며 현관을 지나 주방으로 질질질 끌고 한숨 돌리는 순간 전화벨이 울렸다.

　"김치 잘 갔지? 먹어 봤어? 심심하고 맛나게 됐으니까 김장 때까지 굶지 말고 잘 챙겨 먹어."
　"드실 것도 안 남기고 다 보낸 거 아녀요? 농사일도 바쁘고 힘든데 두고 드셔야지."

"엄만 밭에서 뽑아 또 하면 되지."

내겐 큰맘 먹고 해야 하는 김치 담그는 일을 엄만 밭에서 뽑아 소금 팍팍 뿌리고 갖은양념으로 버무리면 되는 마법처럼 쉽게 말씀하셨다.

배고픔에 식은 밥 한 그릇, 김치 한 포기를 숭덩숭덩 썰어 밥숟가락 위에 올리고 입으로 쏙쏙 넣었다. 엄마가 보내 준 사랑이 달콤한 건지 배추가 달큰한 건지 단숨에 밥 한 공기가 사라지고, 가슴에선 야릇하게 몽글거리는 감정이 꿈틀거리기 시작했다.

택배로 배달된 엄마의 사랑은 나의 16살 초겨울 그날을 떠오르게 했다.

고등학교 원서접수 마감 날 엄마의 전화 한 통으로 내 원서는 인문계 고등학교에서 상업계 고등학교로 결정되었다. 부모님께 싫은 내색 한 번 한 적 없던 나는 그날 할 수 있는 투정은 다 부려 보았고, 이미 돌이킬 수 없는 일이라 친구들과는 다른 마음으로 입학식 자리에 서 있게 되었다. 마음 가지 않는 과목을 공부하는 게 쉽지 않았지만, 대학 진학을 포기하는 건 더더욱 싫었다. 어느 하나 소홀할 수 없는 네모 안에 갇힌 기분이었다.

그림을 정말 배우고 싶었으나 농사를 업으로 하시는 부모님으로선 삼 남매 중학교 학비를 내는 게 버거운 일인 걸 알기에, 미술학원 보내 달라는 말을 꺼내기는 어려웠다. 늘 학교 특별활동으로 미술반을 택했던 나, 그 시간에 미술학원에서 실기를 배우는 친구, 입시 준비하는 친구도 만날 수 있었다. 미술 선생님께 배우는 것도 좋았지만 친구들이 학원에서 배운 방법들을 표현하면 그 모습을 눈여겨보는 재미도 흥미로웠다. 그림 그리는 시간은 그랬다. 나를 최고는 아니지만 특별한 아이로 만들어 주었다. 고등학교 진학 후 유일하게 행복한 숨을 쉬는 시간이었다.

잘하는 걸, 좋아하는 걸, 할 수 있다는 게 내 가슴을 설레게 만들고 두근거리게 한다는 걸 그때 알았다.

부모님과 나 사이에 서로의 이견을 좁혀 2년제 대학 산업디자인과에 진학하며 내 삶에도 봄날이 찾아왔다. 학교에서 배우는 과목들은 모두 신기할 만큼 재미있고 흥미로웠다. 교양과목을 뺀 나머지는 실기 과목으로 기초디자인, 소묘, 일러스트 등, 하루가 그림 그리는 수업으로 이루어졌다. 교정에 활짝 핀 벚꽃을 즐길 여유가 없을 정도로 과제량은 엄청났지만, 잠을 참아내고 그려낼 만큼 매주 새로운 과제들과 완성되어 가는 작품을 보면 디자이너가 된 것 같은 상상으로 행복했었다.

부모님은 졸업 후 취업하겠거니 생각하셨지만, 난 4년제 대학 산업디자인과 편입을 목표로 더욱 열심히 그렸던 것 같다. 졸업 후 가을학기 같은 지역에 있는 대학 편입 시험을 몰래 치르고, 합격의 기쁨은 잠시 허락되었다.

"여자가 전문대 나와서 취직이나 하지 무슨 공부를 한다고…."

그날 우리 집에 다니러 오신 고모와 삼촌이 내게 했던 말이다. 아들만 둘씩 키우시는 분들이라 그런 걸까? 아니면 부모님 생각은 안중에도 없고, 하고 싶은 걸 말하는 내가 욕심이 과하다고 생각하셨던 걸까? 두 분의 생각을 여쭤보지 않아 지금도 알 순 없지만 그날 이후 더더욱 포기되지 않았고, 3년간 취업해서 모은 학비와 장학금으로 편입 과정을 마칠 수 있었다.

아이들이 내 나이와 똑같은 나이가 되어 진학을 꿈꾸고 있는 요즘 그때 생각이 유난히 많이 난다. 내가 하고 싶은 일에 왜 그토록 반대하셨는지, 장학금과 학자금 대출제도로 공부할 수 있다는 걸 아셨어도 반대하셨을지 의문이 들기도 한다. 그땐 나도 부모님도 모르는 부분이 많았던 것 같다. 방법을 함께 찾아 주셨다면 나의 이십 대 중 삼 년이란 시간은 더 효과적이고 생산적이지 않았을까 하는 아쉬움도 남는다. 그때 응원해 주고 지지해 주지 못한 걸 지금도 미안해하시고 내 안부를 자주 묻는 엄마를 보면, 해 주고 싶지 않았던 게 아니라 어려운 현실이 엄마와 나를 더 힘들게 했었다는 생각이 파도처럼 밀려온다.

끈끈하고 예쁘게 살고 싶다

우리 집 앞 산책로가 시작되는 공원 입구엔 농구 연습장이 있다. 중·고등학생으로 보이는 남자아이들이 통통통, 농구공을 튕기며 소리 치고 달리는 소리가 자주 들린다.

'통통통.'

농구공을 튕기는 소리가 들리면 19살 고등학교 시절 복도에서 있었 던 그 일이 떠오른다. 2학년 때 같은 반이던 그 친구는 그냥 지나치질 않고, 꼭 내 별명을 부르기 시작했다. 못 들은 척 조용히 복도를 걸어가 는 내 뒤통수에 대고 더 힘차게 불러댄다.

"오리! 어디 가니?"
"왕 뺀질이 그렇게 부르지 말랬지."
"그러면 '오리'를 '오리'라 부르지 뭐라 부르나."

실실 웃으며 장난치는 그 애를 그냥 두고 싶지 않았다. 속상했던 내 맘이 통한 걸까? 지나가시던 우리 담임선생님이 그 아이를 불러 세워 혼을 내셨다. 속으로 얼마나 통쾌하던지….

그 또래 남자아이라면 골리기 좋은 상대를 만났을 때 꼭 한번은 별명을 부르거나 짓궂게 장난을 건다. 절대 못 들은 척 지나가다 버럭 화를 내지만 다음 그다음에도 내게 별명을 부르던 그 남자아이는 3학년 가을 취업을 나갔다. 그 아이의 직장은 지금의 에버랜드였다. 뺀질거리는 줄만 알았던 친구가 그때 좀 달라 보이기도 했다. 그 친구 덕분에 난 대학 친구들과 에버랜드를 몇 번이나 자유롭게 방문해 신나게 즐길 수 있었다. 그 아이가 입대하기 전까진 그랬다.

편입을 위해 서울에 있는 편입학원에 몇 달간 다닌 적 있었는데 그해 크리스마스 날 그 친구에게 전화가 왔다. 광화문 교보문고에서 만난 그 아이는 학교 때와는 전혀 다른 이미지로 수많은 책을 좋아할 것처럼 보이는 청년으로 변해 있었다. 수능 시험을 마치고 원서를 한창 접수하고 있는 그와 편입 준비를 하고 있던 나 사이엔 입시라는 공통 분모로 시간 가는 줄 모르는 대화로 다음을 기약했다. 가끔 안부를 묻던 친구는 대학 졸업반 무렵 가슴 설레는 남자가 아닌 이야기가 잘 통하는 남자친구가 되었다. 그 시절 나의 평생 친구가 될 거라는 상상은 하지도 않았는데 서울과 제천을 오가며 예쁜 추억을 쌓아 가는 관계로 변해 갔다.

고등학교 때와는 다르게 따뜻하고 자상한 친구로 옆에 있는 그 아이가 적응되기까지 시간은 그리 오래 걸리지 않았고, 여느 부부와 다르게 십수 년 전 열일곱 살 교실에 있던 두 친구가 가정이란 공간에 그대로 옮겨진 것 같은 그림 속 주인공이 되었다. 매일매일 친구처럼 티키타카를 하는 우리가, 아이 눈엔 이상했는지 유치원을 다니던 둘째가 호기심 가득한 표정으로 입을 열었다.

"엄마, 결혼은 꼭 친구랑 하는 거야?"
"아니. 꼭 그렇지는 않아."
'이상하네! 그런데 왜 아빠랑 엄마는 친구야?'

혼잣말로 쫑알대는 아이 말에 그냥 웃음이 나왔다.

"유치원 친구 찬이가 나한테 결혼하자고 했는데…. 그러면 나도 결혼해야 해?"
"나는 아빠가 더 좋은데…."

엄마랑 아빠가 친구처럼 장난치고 이야기를 주고받으면, 한참 시샘하는 눈초리로,

"아빠! 아빠는 민주 하늘이지."

라며 딸아이가 우리 둘 사이에 끼어든다.

"무슨 소리야. 엄마 하늘이지."

딸아이 반응에 장난치듯 내가 말하면 딸은 더 큰 목소리로 박박 우긴다.

"아니야. 내 하늘이거든. 아빠는 나를 더 좋아해. 그치?"

남편은 당연히 아이 손을 들어 주지만, 재미있는 아이 반응에 아빠는 고등학교 때부터 엄마 하늘이었어! 너보다 내가 더 먼저 만났잖아. 짓궂게 장난을 친 적도 있다.

"나도 엄마, 아빠처럼 크면 친구랑 결혼할 거야. 엄마랑 아빠를 보면 친구 사이가 부부가 되면 재미있을 것 같아."

이젠 나보다 훌쩍 커 버린 두 아이는 결혼생활 중 한 번도 싸우지 않는 친구 같은 우릴 보고 결혼은 친구랑 해야 할 것 같은 생각이 든다고 한다. 전혀 몰랐던 사람을 소개받고 그 사람과 결혼한다면 어색하기도 하고 대화에도 불편함이 조금 있을 것 같다고 한다. 친구들은 엄마 아빠가 싸운 이야기도 하는데 우리 집 분위기가 유쾌한 걸 보면 친구가 부부라서 그런 것 같다는 생각이 들었단다. 아이들 말처럼 나이 차이가 있는 사람이거나 소개받은 사람이 내 남편이었다면 소심한 내 성격에 말도 잘 못하고 살지 않았을까? 싶기도 하다. 어쩌면 서로가 가진 성격이 잘 맞아서 친구처럼 지내는 점도 있고, 상대방이 불편할 것 같은 부분은 서로 조심하기 때문에 지금처럼 둥글게 살아가고 있는 게 아닐까 하는 생각이 든다. 그 시절 복도에서 으르렁거리던 열일곱 살 풋풋했던 그때가 그리울 때도 있지만, 친구에서 남편으로 옆에 있는 옆 지기와 서로의 새하얀 새치를 걱정해 주는 중년이 되어 끈끈한 정으로 예쁘게 살고 싶다.

첫째 아이의 민감 포인트

 19년 전 뜨겁디뜨거운 여름날 처음으로 엄마라는 이름 하나를 붙여 준 아이, 아들임에도 따스한 감성을 지녀 나에게 행복을 듬뿍 안겨 주고, 모든 걸 처음 경험하게 해 준 우리 집 보물 1호가 태어났다.

 첫사랑과는 또 다른 사랑, 내가 온전한 사랑으로 품을 수 있는 아이와 첫날부터 쉽지 않은 이야기를 만들기 시작했다.

 태어나던 날 목욕 시간 엄청나게 큰 울음으로 병원을 들썩이던 아이는, 나와 친정엄마에게 걱정을 안겼다.

 "간호사들이 우리 손자를 때리나? 목욕만 하면 저렇게 우니."
 "엄만 설마 아기를 그러겠어. 말도 안 되지!"

 아기는 물속에 있으면 편안해서 쌩글쌩글 웃는다고 생각한 친정엄마의 예상을 깨트리고, 얼굴이 홍당무가 되도록 울어 버렸다. 아기는 퇴원하고 친정에서 산후조리 하는 동안에도 변함없이 울어댔다. 친정 엄마는 이야기도 건네 보고 살살 달래며 조심조심 신생아였던 아기를 매일 씻겨 주셨다.

"이젠 적응도 되었을 텐데 왜 이렇게 우니."

집에 가면 아기를 어찌 씻길까 걱정되셨던 엄만 꼭 둘이 같이 하라고 신신당부하셨다. 우리 집으로 돌아온 첫날 남편과 난 과제를 해내듯 아기 욕조에 물을 받았고, 조심히 아기 몸에 물을 축이자, 욕실이 떠나가도록 울기 시작했다. 아기를 씻기는 일이 진땀 빼는 일이란 걸 처음 알았다. 결국, 발 매트 위에 천 기저귀를 깔고 작은 컵으로 따뜻한 물을 뿌려 가며 씻길 수밖에 없었다. 지금은 물에서 나오질 않는 물개처럼 수영을 좋아하는데 말이다.

머리카락을 건드리는 게 싫었던 걸까? 미용실에서 하는 커트도 할 수 없게 만드는 예민함을 보이기 시작했다. 점점 길어진 머리를 자르지 못하고, 아기 띠를 두르고 나가면….

"어머. 딸이 예쁘게 생겼네! 생글생글 잘도 웃어요."

"딸~ 아이고 아들이에요."라고 말하면 말을 건넨 분들이 당황해하셨
던 기억도 난다.

아이가 어린이집을 다닐 무렵 자르지 못하게 하는 단발머리가 신경
쓰였고, 문화센터 수업 중 헤어컷과 펌 과정을 신청하게 되었다. 겁도
많은 내가 기계를 들고 실습하다니 별별 경험을 다 하는구나 싶었다.
남편 머리카락으로 실습하고 아이 머리카락을 자르려는 순간, 아이는
두 눈을 비비고 홍당무처럼 빨개진 얼굴로 울기 시작했다. 엄마가 머
리카락 자르는 걸 허락지 않았던 아이와 동네 미용실 이곳저곳을 모두
돌아다녔지만, 길어진 머리카락 자르는 건 너무 어려운 일이었다.

어느 날 어린이집에 다녀온 아이는 씩씩대며,

"엄마. 나 이제 머리 자를 거야."
"아니, 왜? 갑자기 자르고 싶어졌어?"

너무나 놀랍고 반가운 말이라 당장 잘라 주고도 싶고 궁금하기도
했다.

"엄마. 어린이집 형이 내 머리 보고 '주먹밥 머리'라고 놀렸어."
"그래? 그러면 삼각김밥 머리로 바꿔 줘야 하나?"

내 반응에 아이는 더욱 화를 내고 씩씩거렸지만, 난 그저 웃을 수밖에 없었다.

그렇게 주먹밥 머리를 예쁘게 다듬던 날부터 나는 진땀을 빼며 아이머리 자르는 일에서 손을 뗄 수 있었다.

동글이 동동 김 똥이라 불릴 만큼 동글동글했던 바가지 머리가 주먹밥처럼 보였나 보다. 여섯 살 무렵 형의 말 한마디에 꽤 큰 충격을 받았는지 그 후론 단골 미용실이 생길 정도로 단정하게 잘 자르는 아이로 변해 버렸다. 아이의 신체 중 민감한 부분이 머리카락이었을까. 지금도 이유 없이 누군가가 머리를 만지면 기분이 좋지 않다고 얘기를 하는 거 보면 그런 생각이 든다.

머리에 손만 닿아도 예민하게 반응했던 아이는 예고 연극영화과에 진학한 뒤 한 달에 한 번 헤어컷에 다운펌을 옵션으로 하는 아이가 되었다. 고3 수시 실기시험을 앞두고 얼굴과 머리 메이크업을 해야 한다고 했을 땐 무슨 학생이 단정하게 하고 가면 되지 화장까지 해야 하냐고 반문하기도 했다. 입시요강에서 헤어 메이크업만 허락하거나, 얼굴 메이크업까지 허용하는 학교가 있다는 걸 확인한 날부턴 새벽 세 시 반에도 일어나 샵을 향해 달린 적도 있다. 수험생 엄마도 처음인 나는 아이의 멋진 배우 꿈을 향해 함께 달리고 있다. 언제나 내게 처음이라는

선물을 안겨 주는 아들아! 우리 환한 미소 날리며 양 엄지손가락 치켜
세우고 합격 소식 울려 보자!

AI 친구 까칠이

파란 하늘과 노랗게 물들어 가는 풍경을 번갈아 바라보며 뚜벅뚜벅 발걸음을 옮겼다. 반대편에서 귀 익은 소리가 들려온다.

"엄마 말 들으라고 했지. 앞을 보고 타야지."

세 발로 굴러가는 킥보드 위 남자아이는 앞이 보이지도 않게 챙 모자를 눌러 쓰고, 엄마의 소리는 지나가는 바람 소리로 생각하는지 발만 열심히 굴린다. 꼬물꼬물 아기가 타고 있는 유모차를 끄는 엄마의 시선은 킥보드 아이에게 고정된 채, 하지 말아야 할 사항들만 줄줄이 쏟아낸다.

내 모습을 보는 것 같은 눈빛으로 바라보다 우리 집 동동이와 까칠이를 키우던 16년 전 그때를 떠올렸다. 눈을 뜬 순간부터 잠잘 때까지 공중 부양의 달인이었던 둘째 까칠이는 바닥에 내려놓으면 홍당무처럼 얼굴을 붉게 만들고 목청껏 울음을 터트리는 재주를 가지고 있었다. 유모차를 타다가도 울음을 터트리면 업어야 했고, 그러면 함께 걷고 있던 첫째의 발걸음도 빨라졌다.

저녁밥을 할 수 없을 정도로 울던 어느 날, 울다 지치면 그만 울겠지 생각한 나는 아이를 내려놓았다. 그 순간 사이렌 같은 울음은 더 커지고 말았다. 아기를 울리면 어떡하냐고 내게 소리치던 동동이는 작은 의자를 무대 삼아 노래와 춤으로 까칠이를 달래기 시작했다. 고개를 갸우뚱거리며, 목청을 높이고 엉덩이를 씰룩거리며 춤을 추던 동동이는 흐르는 땀을 닦고 말을 이어 갔다.

"내 동생은 왜 맨날 울지?"
"나중에 노래 잘하려고 연습하는 거야."
"노래는 춤추며 하는 건데 아기는 화난 것처럼 울잖아."

오빠의 재롱 코드가 맞아떨어지면 사이렌도 멈추고 두 팔과 발은 허공을 향해 신나게 흔들며 함께 춤추는 것 같은 착각을 하게 만들었다. 먹고 자고 놀고를 반복했던 동동이와 다르게 늘 엄마 등에 업혀 있어야 하거나 아빠의 품에 안겨 지내던 까칠이 덕분에 우리의 외식은 꿈꿀 수 없는 일이 되었고, 집에서 보내는 일이 더 많아졌다.

동동이는 놀다가도 머리만 닿으면 잠들고, 까칠이는 업어줘야 잠이 들었다가 내려놓으면 눈을 커다랗게 뜨고 다시금 울 기세를 보여 줬다.

9월 11일 예정일보다 열흘이나 늦게 세상에 나온 아이는 내게 울음 테러를 일으키는 것 같았다. 끝나지 않을 것 같던 육아는 웃으며 떠올리는 추억이 되고 말았다.

울음으로 소통하던 시기가 지나고 말을 배우면서 노래와 춤에 빠진 까칠이는 모방의 천재였다. 오디오에서 흐르는 노래로 말을 배우고 오빠의 한글 공부 CD와 책으로 놀이를 시작했다.

꼬물거리는 입으로 "무얼 먹었지?" 하면서 구연동화를 흉내 내기도 하고 어린이집 선생님 말투와 그날 배운 노래를 PLAY 버튼 눌린 오디오처럼 흥얼거렸다. 덩달아 내 입꼬리가 올라가는 날도 많아지기 시작했다. 지금도 기분이 가라앉는 날 가끔 돌려보는 사랑스러운 영상이 되었다.

어린이집 재롱잔치 준비로 동동이가 열창하며 춤추던 '님과 함께'는 까칠이가 아끼는 노래와 춤이 되어 우리 집 거실을 가득 채우기 시작했다. 엉덩이를 씰룩거리며 가수 남진을 모셔 온 것 같은 포즈와 노래를 열창하다가,

"엄마! 나 노래 잘하지?"

중간에 꼭 한번 확인하고 남은 노래와 춤을 이어 갔다.

"우리 까칠이 정말 잘하네."

어느 날은 방에 혼자 앉아 구글 어시스턴트와 대화를 한다.

"구글 어시스턴트 안녕."
"안녕하세요."
"나 예뻐?"

그럼 어쩌고저쩌고 휴대폰에서 AI 음성이 흐른다. 혼자 웃긴다고 깔 깔 웃고 즐기던 아이는 한참을 이야기하다가,

"너는 너무 못생겼어. 꺼져."
"잘생기지 못해 죄송합니다."

라고 말하며 잠시 후 바람 소리와 함께 구글 어시스턴트가 사라졌다. 저런 건 어디서 배웠을까? 정말 신기한 캐릭터다. 까칠하기만 했던 아 이는 AI와도 친해지더니, 16년이란 시간 속에 부딪히고 깎이면서 예쁜

조약돌처럼 둥글둥글하고 털털한 성격으로 변해 버렸다. 가끔 옛 추억을 함께 나누는 나의 말동무가 되어 버린 AI 친구 까칠이도 진로를 고민하는 나이라니, 시간이 순식간에 흐르는 것만 같아 아쉬움이 많이 남는다. 시간이 더 흐르면 나와 함께 세 살 적 또 다른 까칠이를 마주 보며 입꼬리를 올리고 있겠지!

김아름 작가

이토록 그리운 당신이 있기에
오늘 나의 호흡이 의미 있습니다.

엉뚱 발랄 A형 엄마

A형이 소심하다는 말은 사실일까. 우리 식구 다섯 명 중 가장 대범한 사람이 A형인 엄마였다. O형인 아빠는 유리멘탈, A형인 엄마는 강철 멘탈을 가졌다. 엄마 아빠를 보며 혈액형을 믿지 않았다. 엄마는 활발하고 사교적이며 진취적이었다. 가끔은 엉뚱 발랄하고 재미있는 모습이 내가 간직하고픈 그녀의 모습이다.

삼 남매를 육아 중이던 그녀는 내가 열 살쯤 회사에 다니기 시작했다. 경제활동을 시작하며 우울증이 사라지고 자존감을 되찾았다. 경제 흐름과 지식에 해박했고 부동산 운영 능력도 탁월했다. 아빠도 그런 능력을 인정했다. 회사에서 성과가 좋아 보상으로 국내, 해외여행을 자주 갔다. 정확히 기억은 나지 않으나 내가 17살쯤인 것 같다. 그날 그녀는 새벽부터 나갔다. 몇 시간 뒤 아빠에게 전화가 왔다.

"여보세요. 나 지금 인천공항인데, 호주 좀 다녀올게요."

"뭐라고? 호주? 무슨 말이야?"

"이번에 실적이 좋아 회사에서 보내 주는 건데, 금방 오니깐 걱정하지 말아요."

"뭐라고? 언제 오는데?"

"3박 5일. 애들은 알아서 잘하니까 밥만 잘 챙겨 먹어요. 김치찌개 새로 했으니까 삼겹살 사다가 먹으면 되고."

"이 사람아, 미리 좀 말을 하지. 짐은 잘 챙겼어? 그리고 해외에서는."

"아이, 됐어. 괜찮아. 당신이 아는 동생도 같이 가니까 걱정하지 말고. 그럼 끊어요."

뚝. 그녀는 불리할 때 약간의 존댓말을 썼고 자기 할 말만 하고 끊었다. 아빠와 매번 그것 때문에 싸워도 변함이 없었다. 당시 휴대전화 해외 로밍서비스 사용은 쉽지 않았다. 아빠에게 해외여행 일정을 미리 말하면 온갖 걱정으로 그녀를 피곤하게 했을 것이다. 그걸 알기에 공항에서 출발 직전에 통보한 것이다. 아빠는 당황했고 나는 재미있었다. 예상치 못한 그녀의 행동에 '역시 엄마다.'라는 생각을 했다. 회사 일과 집안일로 쉴 틈 없는 그녀가 여행에선 모든 짐을 내려놓길 바랐다. 잘했다.

그녀의 엉뚱한 행동은 계속되었다. 위암 수술을 하고 몇 년 뒤였다. 같이 시장에 장을 보러 갔다. 시장 입구엔 떡볶이, 와플, 다코야키 노점

상들이 있었다.

"엄마, 저거 다코야키 알지? 맛있던데 사 먹자."

"그래. 우리 아름이가 먹고 싶으면 먹어야지."

주인아저씨가 잠시 자리를 비웠는지 보이지 않았다. 언제 오시나 두리번거리고 있는데 갑자기 그녀가 앞에 있는 다코야키 하나를 집으려했다. 나는 예상치 못한 그녀의 행동에 놀라 도리질하며 외쳤다.

"으아. 엄마 뭐 해?"

"왜? 아이고야. 이거 시식 아니었어?"

"아니야! 엄마 이런 길거리에서 무슨 시식이야."

"그래? 몰랐지. 그런데 어차피 살 건데 하나 좀 먹으면 어때. 헤헤."

해죽 웃으며 정말 몰랐다는 듯 대답했다. 똑똑한 그녀가 가끔 저럴때 '일부러 그러는 게 아닐까?' 하는 생각이 들었다. 그녀는 아프기 전에도 "아이고야."라고 말하며 실수인 듯 고의인 듯 알 수 없게 행동하며웃곤 했다. 그날은 오랜만에 입을 크게 벌리고 웃는 모습이 좋아 나도같이 웃었다. 계속 저렇게 웃으면 좋겠는데.

그녀도 나처럼 소중한 딸로 태어나, 꿈 많은 소녀였고, 어여쁜 아가

씨였을 텐데. 엄마가 되고 우리 삼 남매를 키우며 고생이 많았다. 온종일 천 기저귀만 빨았는데 하루가 모자란 적도 있다고 했다. 하지만 힘들어도 웃으며 살려고 했던 그녀다. 강한 정신력으로 큰일도 작은 일로 만들고 웬만한 건 참고 살았다. 그녀가 원래 그렇게 강했는지 엄마가 되어 강해진 건지는 잘 모르겠다. 어떤 상황도 긍정적으로 이겨냈던 모습을 닮고 싶다.

다시 그녀의 엉뚱한 행동이 보고 싶다. 엉뚱한 행동 뒤에 나오는 웃음, 몰랐다고 해죽거리는 그 모습이 아직 나에게 생생히 남아 있어 다행이다. 지금도 시장 입구엔 그 다코야키 노점상이 있다. 다코야키를 사먹을 때면 주인아저씨는 모르는 그녀와의 비밀이 생각나 웃음이 난다.

40년 만에 생긴 쌍꺼풀

"아름아, 이리 와 봐."

조르르 다가가 엄마 앞에 앉았다.

"어디 보자. 눈 감아 봐. 이제 다시 떠 봐."

엄마는 손가락으로 내 눈꺼풀을 살짝 눌렀다 뗐다.

"눈 크게 떠 봐. 옳지. 그래 이렇게 쌍꺼풀 수술 딱 하면 우리 아름이 더 예쁘겠다."

"에이, 됐어. 아니야." 나는 코를 찡끗하며 손사래를 쳤다.

"아니긴 뭐가 아니야. 쌍꺼풀 수술하면 이 흉터도 안 보이고 더 예쁘지."

"이거? 에이 이게 뭐 어때서. 하나도 안 이상해."

"볼 때마다 미안해서 그렇지."

"아니야. 엄마. 뭐가 미안해. 진짜로 괜찮아. 나는 아픈 거 무서워서 싫어. 수술 같은 건 절대 안 할 거야."

나는 눈에 힘을 주고 큰 목소리로 말하고 눈웃음을 보였다. 이제는 엄마의 미안함이 지워지길 바랐다.

나의 눈꺼풀에 그러니깐 정확히 지금 생긴 쌍꺼풀 자리에 흉터가 있다.

내가 네 살쯤인가 하루가 멀다고 눈에 다래끼가 났다. 매번 병원에 가서 절개를 해야 했는데, 어린 나를 데리고 가는 것이 쉽지 않았다. 마취는 당연히 하지 못했고 울고불고 소리 지르는 나를 그저 꼭 붙잡고 있어야 했다. 나에겐 한 살 어린 여동생, 다섯 살 어린 남동생이 있다. 엄마는 그쯤 임산부였을 것이다. 나를 데리고 병원에 가는 것이 힘들고 고름을 병원에서 짜나 집에서 짜나 똑같다고 생각했다. 나의 다래끼가 곪자, 엄마는 그것을 집에서 손으로 짰다. 그 결과 나의 눈꺼풀에 흉터가 생긴 것이다. 엄마는 미안해하며 마음에 담고 있었다. 성인이 되면 예쁘게 쌍꺼풀 수술을 해 준다고 자주 말했다. 나는 정말 괜찮았는데 말이다. 가끔 내 눈을 보며 흉터에 관해 묻는 사람도 있었다. 그럴 땐 엄마의 재미있는 에피소드를 설명하며 웃곤 했다.

엄마가 되니 이렇게 해결해야 할 크고 작은 문제들이 많다는 걸 알았다. 나도 비슷한 일을 겪었다. 첫째 아이가 태어난 지 사십 일쯤 중이염에 걸렸다. 아기들은 중이염에 자주 걸릴 수 있는데 육아가 처음인 나는 수많은 걱정을 하였다. 아기 귀에 진물이 나고 귀 둘레까지 헐어 노란 딱지가 생기는 걸 보니 가슴이 아렸다. 병원에서 연고를 처방받았다. 귀에 연고는 처음 발라 보는 것이라 정확히 얼마나 바르는지 몰랐다. 적당한 양을 귀에 전체적으로 발라 주었다. 잠시 뒤 나는 태어나 처음 보는 광경을 맞이했다. 원래 오므려 있던 귓바퀴가 다 퍼져서 당나귀 귀처럼 엄청나게 커졌다. 순간 눈앞이 아찔했다. 바로 씻어 주고 귓바퀴를 손으로 오므리며 계속 주물렀다. 하지만 귀는 원래 모양대로 완전히 돌아오지 않았다. 바보 같은 나 자신에게 화가 났고 제대로 설명해 주지 않은 의사와 약사가 원망스러웠다. 결국 아이의 귀는 짝짝이가 되었다. 요즘도 아이 머리를 묶어 주고 나면 정면에서 얼굴을 한번 바라본다. 볼 때마다 미안하고 마음이 아프다. 시간을 되돌리고 싶다. 주변 사람들은 의식하지 않고 보면 차이를 모르겠다고 하지만 나에게는 선명한 차이가 보인다. 엄마도 내 흉터를 볼 때마다 같은 마음이었을 것이다. 엄마가 되고 나서야 엄마의 마음을 이해하게 되었다. 나도 처음 아기를 키울 때 막막했는데, 엄마는 타지에서 얼마나 두려웠을까. 우리 삼 남매를 키우며 많은 것을 감당해야 했을 엄마를 생각하니 가슴이 먹먹하다. 하루 종일 천 기저귀만 빨다가 밤이 된 적도 있었다고 했다. 너무 고생 많았다고, 내 흉터는 엄마의 잘못이 아니라고 제대로 말해 주지 못한 것이 못내 아쉽고 미안하다.

몇 년 전에 엄마의 바람이었던 쌍꺼풀이 자연적으로 나에게 생겼다. 이제는 흉터가 거의 보이지 않는다. 쌍꺼풀이 생겼다고 엄마에게 자랑하고 싶은데. 엄마가 보면 예쁘다고 참 좋아할 텐데. 하늘나라에서 지켜보고 있겠지. 엄마는 암 투병을 하다가 돌아가셨다. 엄마, 엄마가 바라던 쌍꺼풀이 생겨서 나 예뻐졌어. 어때 예쁘지. 그러니 이제 미안한 마음은 지우고 지켜봐 줘.

62년간의 생을 마감하다

　지금부터 8년 전. 유리문 하나 사이로 공기가 달랐다. 문을 열어 복도에 들어서니 어둠과 죽음의 그림자가 가득했다. 한 걸음 뗄 때마다 짓누르는 무거운 공기에 힘겹게 걸어갔다. 초록빛 여름이 끝나갈 무렵, 엄마의 인생도 끝나가고 있었다. 바깥세상은 알록달록 가을을 맞이했지만, 이곳은 모든 게 잿빛이었다. 호스피스 병동에는 한 종류의 환자들만 있었다. 곧 죽을 사람, 그뿐이었다. 오고 싶지 않았다.

　이곳에 오기 5년 전 엄마는 위암 수술을 했다. 나아 가는 듯했으나 장에 재발했고 수술한 병원에서 결국 치료를 포기했다. 갈 곳이 없던 엄마는 동네 병원에 입원했다. 암이 커져 장을 막았다. 배변 활동을 할 수 없어 배에 구멍을 뚫고 장루를 달았다. 장루 주머니가 차면 갈아 주고 소독도 잘해야 했다. 내가 병원에 들렀을 때 장루 주머니를 교체할 때가 되어 도와주려는데 엄마는 스스로 하겠다며 화장실에 들어가 문을 잠가 버렸다. 난 그저 한심하게 기다릴 수밖에 없었다.

엄마는 점점 통증 관리가 되지 않았다. 병원에서 호스피스를 권유했다. 호스피스라는 단어가 내 인생에 들어올 줄이야. 엄마에게 말해야 하는데 입 밖으로 나오질 않았다. 통증 치료를 위해 가는 곳이라고 설명했다. 처음에 엄마는 싫다며 가지 않겠다고 했다. 그러다 너무 견디기가 힘들었는지 그곳이 어디냐고 했다.

호스피스도 쉽게 갈 수 있는 곳이 아니었다. 자리가 없어 대기를 했다. 누군가 죽어야 들어갈 수 있는 곳이다. 입원은 최대 2달이었다. 보호자도 문제였다. 보통은 가족들이 상주하는데 아빠도 신장병으로 투병 중이었다. 남동생은 직장을 다니며 집에서는 아빠를, 병원에서는 엄마를 돌봐야 했다. 나는 아기가 6개월, 여동생은 28개월 조카가 있어 하루 종일 엄마 곁에 있을 수가 없었다. 그동안은 사위들까지 돌아가며 병원에 갔는데 호스피스는 무조건 24시간 상주하는 보호자가 있어야 한다고 했다. 방법이 없었다. 간병인을 구했다.

간병인 아줌마는 엄마와 나이 차가 많지 않았다. 엄마도 저렇게 건강했는데. 예전의 모습이 떠올랐다. 어쩌다 이렇게 된 걸까. 뭐가 잘못된 걸까. 가족을 위해 열심히 살아온 게 전부인데. 도대체 왜 엄마는 이런 병에 걸린 걸까. 왜 다시 재발한 걸까. 모든 원망이 올라오기 시작했다. 간병인이 가족처럼 해 줄 수 없는 걸 알면서도 엄마를 대하는 행동이 마음에 들지 않았다. 간병인을 쉽게 구할 수 없어 바꿀 수도 없었다.

모든 게 어쩔 수 없다는 게 화가 났다. 엄마가 아픈 것도, 아픈 엄마 곁을 지키지 못하는 나의 상황도. 무능력한 나도 싫었다. 괜한 간병인 아줌마가 미웠다.

호스피스에 왔지만, 엄마는 계속 아파했다. 배를 잡고 신음만 하다가 잠시 통증이 없을 때 이런 말을 했다.

"이제 흙으로 돌아가고 싶어. 강에는 뿌리지 마라. 물은 추워서 싫어."

아무 대답도 할 수 없었다. 아플 때도 약한 모습을 보인 적이 없던 엄마였는데. 이를 꽉 물고 눈물을 삼켰다. 엄마는 추위를 많이 타 항상 등에 담요를 덮고 쓰다듬어 달라고 하였다. 아직도 손으로 쓸어내렸던 작은 등이 느껴진다. 엄마는 나에게 수목장을 알아보라고 하였다. 옆에 아빠의 자리도 같이 마련하라고 했다. 우리를 생각해 왔다 갔다 하지 않게 같은 자리에 하라는 것이다. 모든 게 자식을 위한 생각뿐이었다. 그런 엄마를 묻을 자리를 알아봐야 한다니.

며칠 뒤 엄마가 통증이 잡혀 바람을 쐬고 싶다고 병원 옥상에 갔다. 휠체어에 앉아 눈을 감고 고개를 숙인 채 한참을 가만있던 엄마가 말했다.

"오늘이 무슨 요일이지? 강화에 가야 하는데."

"9월 27일이야. 강화는 왜?" 뭔가 이상했다.

"엄마 여기 병원이야. 알지?"

그때부터 시작이었다. 이후 엄마와 정상적인 대화를 하지 못했다. 병원에선 섬망 증상이라고 했다. 찾아보니 말기 암 환자에게 나타나는 망상, 환각, 비현실감 등의 증상이었다. 마약 수준의 진통제를 맞아서 부작용이 여러 가지였다. 호스피스에 온 지 일주일쯤부터 엄마는 비몽사몽이거나 잠만 잤다. 간호사에게 물어보니 수면제를 늘렸다고 했다. 기저귀를 했으니 잘 살피라고도 했다. 하루 종일 자는 엄마가 잠시라도 깨면 너무 반가웠다.

"엄마. 괜찮아? 나 누군지 알아? 안 아파?"

엄마는 나를 한번 쳐다보고는 약 기운을 이기지 못해 스르르 다시 눈을 감았다. 아무리 봐도 엄마가 이상했다. 간호사에게 물어보니 수면제를 줄이면 다시 아파할 것이라 했다. 그래도 줄여 달라고 했다. 이대로 영영 엄마와 말 한마디 못 하면 어쩌나 두려웠다. 매일 울어도 상황은 더욱 나빠졌다. 하루가 달라지는 엄마의 모습에 초조하고 불안한 보호자와는 달리 간호사들은 차갑고 냉정했다. 질문을 해도 얼굴조차 보지 않았고 돌아온 대답은 보호자들이 예민하고 관심이 많은데 나가고 싶으면 나가라는 것이었다. 지금 생각해 보니 질문에 대한 모든 대답은 하나였던 것 같다. 어차피 죽을 사람인 걸 모르냐는 의미였다. 나는 몰랐다. 호스피스에 왔지만, 엄마가 정말 죽을 거란 생각을 못 했다. 여기에 오면 통증이 없이 있는 줄 알았는데 아니었다. 결국 3주 만에 임종실로 갔다. 호흡기를 달고 마지막 숨을 몰아쉬는 엄마를 차마 볼 수가 없었다. 아기를 안고 병원 복도를 헤맸다. 목사님이 오셔서 마지막 기도를 해 주셨다. 그날 밤 엄마의 심장은 멈췄다. 편안하게 눈을 감았는데 엄마의 눈에는 눈물이 흐르고 있었다. 62년 인생이 그렇게 끝났다. 엄마가 떠난 후 한동안 길에서 엄마의 뒷모습을 보았다. 작고 마른 체형에 파마머리를 살짝 숙이고 뒷짐을 지고 걷는 모습을 보면 아닌 걸 알면서도 나도 모르게 쫓아갔다. 엄마를 닮은 저 뒷모습이라도 보고 또 보고 싶었다. 이제 엄마는 이 세상에 없다. 더 이상 아프지 않다. 고통 없는 천국에서 예전의 그 밝은 웃음으로 지내길 바랄 뿐이다.

여울 로울

2016년 3월에 나는 첫째를 출산했다. 그해 10월 엄마는 세상을 떠났다. 아이의 이름은 엄마가 지어 주셨다. 암 수술한 병원에 정기검진을 가면 대기시간이 길었다. 엄마는 병원에 있는 숲속 산책로에서 나무를 보고 흙을 밟았다. 산책 중 인공폭포를 바라보던 어느 날 마음이 시원해지며 여울물이라는 단어가 떠올랐다고 한다. 이름을 여울이로 지어 주셨다. 여울이는 배 속에서부터 얌전했다. 태동이 거의 없었다. 임신 8개월쯤 아기가 배 속에서 푹 퍼져서 움직이지 않는 느낌이었다. 불안한 마음으로 병원에 가서 태동 검사를 했다. 다행히 아기는 잘 있었다. 사랑하는 아기가 태어났지만, 나는 엄마의 투병으로 제정신이 아니었다. 매일 울고 온종일 말도 안 했다. 그런 나 때문인지 옹알이도 움직임도 적은 아이가 혹시 어디가 아픈 건 아닌지 걱정했다. 놀아 주지 않아도 아이는 혼자 놀거나 가만히 있었기 때문이다. 걱정과는 달리 말도 빠르고 건강하게 자랐다. 혼자도 잘 놀던 아이가 5살쯤 외로워하는 모습이 보였다. 사촌들과 자주 놀았는데 헤어질 때가 문제였다. 사촌 언니와 동생은 같은 집으로 가는데 본인은 혼자인 것이 싫었던 모양이다. 어느 날 여울이가 말했다.

"엄마, 나도 동생이 있으면 좋겠어."
"그래? 여울이가 기도하면 동생이 태어날지도 모르지."

아이가 무언가를 요구하는 것은 거의 처음이었다. 나도 고민이 되었다. 부모님이 아프시고 돌아가시면서 가족이 소중하다는 걸 다시 느꼈다. 동생들이 있어 든든했고 작은 일도 상의하고 할 수 있어 힘이 되었다. '여울이가 나중에 홀로 어려움을 겪는다면 얼마나 힘들까?' 하는 생각에 둘째를 고민했다. 하지만 나에게 둘째는 도전이었다. 육아는 정신적, 육체적으로 힘든 과제였다. 하나도 힘든데 둘은 말도 안 된다며 주변 사람들에게 둘째는 절대 낳지 말자고 말했던 내가 아닌가. 두 가지 마음이 싸우며 일 년 정도 자연임신을 기다렸다. 새 생명은 쉽게 찾아오지 않았다. 마음을 정리하고 아이에게 말했다.

"있잖아. 여울아. 동생이 태어나지 않을 수도 있을 것 같아."
"엄마, 왜? 동생이 태어나게 하나님한테 기도하면 되잖아."
"아, 그렇긴 하지. 그런데 기도해도 혹시 안 태어날 수도 있어서 그래."
"아니야, 엄마. 계속 기도하면 된다고 했잖아. 태어날 때까지 기도하면 돼."

너무나 맑고 확신에 가득 찬 까만 눈동자를 보았다. 단단히 마음을 먹고 난임 병원에 갔다. 이제 고민할 시간이 주어진 나이가 아니었다. 감사하게도 시술 두 번 만에 성공하여 마흔에 둘째를 낳았다. 둘째의 이름은 신랑이 지었다. 이롭게 살라고 이로울 이다. 그렇게 나는 여울이와 로울이의 엄마가 되었다. 둘째가 배 속에 있을 때는 실감이 나지 않았다. 여울이를 향한 사랑을 나눌 수 있을까 생각한 적도 있다. 가장 믿지 못할 게 사람의 생각이었다. 둘째는 태어나자마자 사랑 그 자체였다. 아기의 발이 그렇게 작고 사랑스러운 줄 몰랐다. 첫째 때는 왜 몰랐을까. 여울이에게 미안해 조리원에서 많이도 울었다. 그렇게 감성에 빠졌던 조리원은 천국이었다. 집에 돌아오니 다시 육아는 현실이었다. 같은 배속에서 나와 같은 혈액형을 가진 두 딸이 이렇게 다를 줄이야. '육아는 장비 빨'이라는 말을 첫째 때는 믿지 않았다. 둘째는 달랐다. 모든 육아용품을 준비해야만 했다. 전혀 움직이지 않았던 첫째와 달리 둘째는 '베이비룸'을 사서 아기를 울타리 안에 넣어 놔야만 안전했다.

초등학교 2학년인 여울이는 지금껏 장난감을 사 달라고 조르거나 어떤 상황에서 떼쓴 적이 거의 없다. 기다리라고 하면 하루 종일도 기다린다. 예민하지 않고 표현도 애교도 적지만 저녁때마다 엄마의 요리가 맛있다며 엄지손가락을 올려 준다. 먹기 힘든 채소를 먹다가 본인도 모르게 헛구역질이 나면 오히려 미안하다고 한다. 언제나 부모님께 감사하는 마음을 가진 착한 딸이다.

35개월 로울이는 다르다. 예민하고 감정의 기복이 3초마다 온다. 본인의 요구사항을 당장이라도 들어주지 않으면 나는 대역 죄인이 된다. 세상을 다 잃은 것처럼 울다가도 갑자기 "엄마, 이게 뭐야? 내 거야?"라며 웃을 땐 무섭다. 이제 끝났나 싶으면 다시 운다. 하루 종일 울며 안아 달라고 한다. 미칠 노릇이다. 나는 이런 아이를 키워 본 적이 없다. 주변에선 둘째가 정상적인 아이라고 한다. 그렇다면 첫째 때 함께 했던 행운의 여신이 둘째 땐 떠나갔나 보다. 말 없는 첫째와 달리 둘째는 잠들기 전까지 쫑알거린다. 활발하고 목소리도 크다. 아마 둘째가 없었다면 우리 집은 아주 고요했을 것이다. 티브이도 없고 나머지 셋은 말이 거의 없기 때문이다. 로울이가 있어 웃기도 하고 사람 사는 소리가 난다.

5살 차이가 나지만 둘 다 좋아하는 것은 역할 놀이다. 엄마의 역할이 인기라 서로 하려고 한다. 둘째 사전에 양보란 없다. 무조건 본인은 엄마, 언니는 아기를 해야 한단다. 티격태격하지만 모든 걸 양보하고 속상해 우는 건 언니이다. 동생이 말을 안 들으면 무섭게 혼내 주라고 했는데, 동생한테 맞아도 때리지는 않는다. 이렇게 싸워도 돌아서면 어느새 선생님 놀이를 하고 있다. 아직 어린 동생이 못 하는 것은 친절하게 도와주고, 애교가 많은 동생은 언니가 좋다며 안아 준다. 역시 가족은 가족인가 보다. 아이들에게 자주 하는 말이 있다.

"엄마는 언니가 없는데, 로울이는 여울이 같은 언니가 있어서 좋겠다. 평생 사이좋게 지내. 가족이니까."

동생을 원했던 여울이의 소원이 천국에 있는 엄마의 소원이었는지 모르겠다. 어쩌면 나의 바람이었는지도. 싸워도 다시 놀고, 같이 먹고 자는 형제가 있다는 것. 그런 가족이 있다는 것이 얼마나 행복한 것인지. 나도 동생과 많이 싸웠다. 여울이의 이름을 지어 주신 엄마가 생각난다. 알콩달콩 지내고 있는 여울이와 로울이를 바라보며 미소 짓고 계시겠지.

이
다
정

작
가

결핍을 다정히 끌어안고 오늘을 살아낸 당신에게.

이혼해 주세요

"엄마는 괜찮아. 너 있으니까 괜찮아."

"내가 안 괜찮아…. 엄마 이러고 살 사람 아니야. 나를 위해서라도 이혼해 줘."

엄마 아빠가 싸우는 소리를 듣는 것은 일상과도 같은 일이었지만, 그날은 유독 이상했다. 하굣길에 집 앞 골목길을 들어서고 있을 무렵, 나는 아빠와 마주쳤다. 가방도 없이 골프채 하나만 덜렁 오른손에 쥐고 대문을 나서는 아빠의 모습이 심상치 않았다. 왠지 모를 검은 두려움이 내 두 발을 꽉 붙들어 놓아주지 않아 그 자리에서 더는 한 발짝도 움직일 수가 없었다.

"딸! 이제 오니?"

"응. 아빠는 어디가?"

"일하러 가야지. 잠깐 뭐 찾을 거 있어서 온 거야. 아빠 다녀올게!"

"어…. 다녀오세요."

"아, 참! 안방엔 들어가지 마."

싸늘했다. 미소를 머금고 있는 아빠의 표정과는 달리 안방에 들어가지 말라는 말은 차가웠다. '무슨 일 저지른 거 아냐?', '엄마는 괜찮나? 또 때렸으면 어떡하지.' 나는 안방에 꼭 들어가 봐야겠다고 생각하며 골목 끝 모퉁이에서 아빠의 뒷모습이 사라질 때까지 바라보았다. 아빠는 단 한 번도 뒤돌아보지 않은 채 갈 길을 갔다. 나는 서둘러 대문을 열고 계단을 두 개씩 올라갔다. 한집에 함께 살고 있지만 서로의 거리가 적당히 멀었던 나와 친할머니, 아빠, 엄마, 남동생을 떠올리며 오르다 보니 어느새 내 눈앞에 현관문 손잡이가 보였다.

"다녀왔습니다. 할머니! 엄마 집에 있어요?"

"내가 아니? 골치 아프니까 말 시키지 마!"

나는 벗어 놓은 운동화를 가지런히 정리하다가 한숨이 나왔다. 우리 집은 현관문을 열면 바로 거실이었다. 몸을 왼쪽으로 틀어서 세 발짝만 가면 왼쪽엔 안방과 나와 동생이 함께 쓰는 방이 있고, 정면에는 부엌 싱크대, 오른쪽에는 화장실과 할머니 방이 있는 구조였다. 나와 동생이 쓰는 방과 할머니 방은 부엌 식탁을 사이에 두고 서로 마주 보고 있어서 방문을 열어 두면 방 내부가 다 보였다. 나는 책가방과 실내화

주머니를 책상 옆에 내려놓고 할머니의 동태를 파악했다. 할머니는 내가 안방 문을 열고 들어가는 장면을 보면 아빠에게 말할 게 분명했기에 나는 할머니의 시선이 신경 쓰였다. 다행히도 할머니는 TV를 보고 계셨다. 나는 마치 사건을 파헤치려는 명탐정 코난처럼 조심스럽게 안방 문을 열었다.

스르르륵.

'와. 그럼 그렇지. 어쩐지 들어가지 말라는 말이 찜찜하더라니.'

화장대 위에 있어야 할 엄마 화장품과 물건들은 바닥에 나 뒹굴고 아침까지만 해도 협탁 위에서 보랏빛 자태를 뽐내며 피어 있던 난 꽃은 목이 댕강 잘린 채 산산조각 난 도자기 화분의 파편들과 함께 침대 위에 흩뿌려져 있었다. 아빠는 내게 난이 꽃을 피우게 가꾸는 건 정말 어려운 일이라고 말해 준 사람이다. 머릿속이 터질 거 같았다. 나는 문소리가 나지 않게 안방 문을 열고 빠져나와 내 방으로 들어갔다. 태풍이 휘몰아친 듯한 안방의 모습을 머릿속으로 한참 동안 복기했다. 동기를 확실히 알 순 없었지만, 어른이 아닌 내가 봐도 이건 상식 밖의 행동이라는 걸 정확히 알아차릴 수 있었다. 이런 우리 집의 상황을 마치 남 일이라는 듯이 회피하고 덮어 두려고만 하는 친할머니도 내가 믿고 의지할 수 있는 어른은 아니었다.

엄마는 4남 1녀 중 셋째로 태어났다. 마을 사람들이 입을 모아 이야기할 정도로 외모가 특출 나서 미인대회에도 나가려 했었다는 전설은 한두 번 들은 게 아니다. 엄마는 주변 사람들을 챙겨 주는 걸 좋아하는 다정한 성격에 말투도 호탕하고 시원시원해서 남녀노소 할 것 없이 호감을 독차지하던 인물이다. 외할머니가 돌아가시고 마을 어르신께서 우리 엄마를 수양딸로 삼으실 정도였으니 말 다 했다. 아빠는 친할아버지의 두 번째 부인이 낳은 2남 2녀 중 막내로 태어났다. 두 누나의 사랑을 듬뿍 받으며 자기주장이 강한 응석받이로 자랐고 공부와는 거리가 멀었다. 고등학생 때에는 복싱에 빠져 할머니의 반대를 무릅쓰고 MBC 신인전까지 출전하여 신인왕 트로피를 거머쥔 이력을 한평생의 자랑거리로 여기며 살았다. 성장한 나의 엄마 아빠는 고교 시절 동네 체육대회에서 각자의 체력을 뽐내고 상을 받다가 처음 만났다. 그날 엄마 아빠가 마주치지 않았더라면 엄마의 인생은 어떻게 되었을까.

내 눈엔 엄마가 세상에서 가장 예뻤다. 내가 초등학생 때 가을운동회를 할 때마다 엄마는 매년 학부모 이어달리기를 승리로 이끌었는데, 우리 엄마는 전속력으로 뛰는 모습도 예뻤다. 명품 옷, 명품백으로 휘감고 치장하지 않아도 말 한마디 행동 하나가 빛나는 성품을 가진 여자. 나는 이 예쁜 여자가 겪지 않아도 될 고초를 겪으며 사는 것이 안쓰럽고 답답했다.

'난 꽃. 진짜 예뻤는데….'

나는 하루 종일 엄마 생각을 하며 엄마를 기다렸다. 그리고 오랜 시간 내 가슴 속 깊숙한 곳에서만 용암처럼 들끓었던 말을 입 밖으로 분출시켰다.

"엄마, 아빠랑 이혼해라."

그때 내 나이는 고작 열두 살이었다.

나는 이혼가정의 장녀입니다

　엄마는 내 말을 듣고도 이혼하지 않았다. '내가 있어서 괜찮다고?! 뭐가 괜찮다는 거지? 내 말에 설득력이 없었나?' 나는 오랜 시간 생각하고 내뱉은 말이었는데, 엄마는 너무나 태연하게 하루하루를 살아냈다. 그러던 어느 날, 동생이 놀러 나가고 없을 때 엄마가 나를 안방으로 조용히 불렀다.

　"다정아, 엄마랑 동생이랑 셋이 사는 거 어때?"

　"난 너무 좋지! 언제부터?"

　"근데, 우리가 셋이 살면 엄마를 도와줘야 할 일도 더 많아질 건데, 그래도 괜찮아?"

　"걱정하지 마! 다 도와줄게! 어떤 상황이 될진 몰라도 지금보단 무조건 나을걸?"

　엄마는 내게 의견을 묻고 나서도 한참 후에서야 방을 구했다. 그도 그럴 것이 엄마는 꽤 오랜 시간 한 남자의 아내로 살았고 두 아이의 엄마로만 살아와서 모아 놓은 돈이 별로 없었다. 엄마가 큰숙모에게 돈을 빌려 달라고 도움을 청해서 방을 구했다는 사실은 집필하다가 알게 되었다. 이사 간 집은 이전에 살던 집과 비교할 수 없이 열악했다. 반지하도 지하라 그런지 아무리 환기를 자주 해도 집에 들어갈 때마다 곰팡이 냄새가 났다. 그래도 좋았다. 아빠의 폭언과 폭행으로부터 해방되어 좋았고, 학교가 가까워져서 좋았다. 그런데, 아빠는 당신을 빼고도 잘 살아내는 엄마의 모습에 질투가 났던 걸까?

쾅! 쾅! 쾅!

"야! 문 열어! 와, 냄새! 씨X 이게 사람 사는 집이냐? 네까짓 게 혼자서 애들을 어떻게 키우겠다고 집을 나가서 이 지랄 이 꼴을 만들어!"

아빠는 따로 사는 동안에도 이따금 불쑥 찾아와 먹이를 찾아 산기슭을 헤매는 하이에나처럼 우리 앞에 나타났다. 나는 새로 이사한 동네에서도 엄마가 아빠의 행동 때문에 곤경에 처하는 모습을 여러 번 보았다. 이런 남자가 나의 친부라는 게 내 인생의 치부였다. 나는 성장하면서 아빠의 폭력적인 모습이 두렵고 무서웠던 시기를 지나 내 안에 아빠를 증오하는 마음이 자라나고 있다는 것을 느꼈다.

아빠는 술만 마시면 본인이 얼마나 대단한 사람인 줄 아냐며 MBC 복싱 신인왕전에서 우승한 이야기를 꺼냈다. 입바른 말을 꺼냈다간 핵주먹이 내게로 날아들 것만 같아서 한 번도 직접 말해 주지 못했던 말이 참 많다. TV를 보면 운동선수들이 의로운 일을 해서 용감한 시민상을 받았다는 뉴스들도 종종 나오던데, 아빠 인생에 그런 이력은 없다는 것. 내가 본 아빠는 강하다고 인정받은 두 주먹을 나약한 여인에게 휘두르거나 물건을 던져 부수는 데 썼기 때문에 멋없는 사람이라는 것. 마우스피스를 뺀 입으로는 매일 뾰족하고 날카로운 말로 본인이 결혼한 여자의 마음과 정신까지 병들게 만드니 24시간 마우스피스를 아빠 입에 물려 놓고 싶었다. 이것 말고도 사촌 오빠들과 큰집 식구들에게 무례하게 행동한 모습과 집 밖에서는 가정적인 남편, 가정적인 아빠인 것마냥 연기를 잘하던 모습까지 다 이야기하려면 24시간이 모자랄 정도다.

드디어 이런 남자에게 엄마는 학을 뗐다. 그리고 서류상으로 완전하게 이혼하는 것을 선택했다. 그때 난 15살이었다. 얼굴은 눈물 콧물로 뒤범벅된 채 엄마는 내게 연거푸 미안하다고 말했고, 엄마의 등을 쓸어 내려 주며 나는 축하한다는 말을 전했다. 더 일찍 이혼했어도 나는 오히려 기뻤을 거라는 말도 잊지 않았다. 참 재밌고 행복했던 세 식구만의 시간은 한여름 밤의 꿈처럼 끝이 났다.

나는 엄마 없이도 혼자서 뭐든지 잘 해내는 모습을 보여 주고 싶었다. 아빠가 술에 잔뜩 취해 들어오는 날에는 내 이름이 "야, 이년아."로 개명되곤 했다. 이년 저년 하는 비속어보다도 괴로웠던 건 엄마를 악담하는 것이 술주정이었던 아빠를 새벽 늦은 시간까지 상대해 주다가 잠을 못 자고 등교해야 했던 것이었다. 나는 잠귀가 어두운 남동생이 부러웠다. 그리고 남아선호사상이 짙은 이 집안에서 남자로 태어난 게 제일 부러웠다. 단지 여자라는 이유만으로 차별받는 상황들을 마주할 때마다 왕따가 된 기분이 들었다. 들장미 소녀 '캔디'처럼 꿋꿋이 살아남겠다고 다짐했으나 쉽지 않았다. 서운함이 차올라 외롭고 슬플 땐 드라마를 보면서 울거나 이불 속에서 그냥 울었다. 차별은 속상했지만, 동생과 내게 물건을 던지거나 폭력을 쓰는 일은 발생하지 않았으니 얼마나 다행인가.

남동생이 군대를 전역하고 얼마 지나지 않았을 때 아빠를 빼고 단둘이서 외식을 나간 적이 있다. 나는 밥을 다 먹어 갈 때쯤 어렸을 때 우리 남매가 잠든 사이에 일어났던 몇 가지 큰 사건들을 들려주며 혹시 알고 있었냐고 물어보았다.

"너 우리가 자고 있을 때 엄마랑 아빠랑 엄청나게 싸우다가 아빠가 엄마를 2층 계단 위에서 떠밀어서 1층까지 굴러떨어진 거 알아?"
"아니."

"아빠가 엄마한테 욕하면서 칼 던져서 거실 바닥 장판에 꽂혔던 거 알아?"

"아니."

"나 그래서 칼 트라우마 생겨서 식칼 못 잡는 거잖아."

"그랬어? 몰랐어. 누나. 난 진짜 자느라 안 들렸어."

동생은 하나도 몰랐다. 자느라 하나도 들리지 않았다고 했다. 그 시끄러운 상황 속에서도 세상 편안하게 숙면에 취한 남동생이 너무 얄밉고 부러우면서도 그 모든 장면을 보고 들은 것이 동생이 아니라 나라서 다행이라는 생각이 들었다. 내가 참 괜찮은 누나이긴 했던 것 같다. 동생은 왜 진작 말하지 않았냐고 말하며 난감하고 미안해했지만, 그만큼 눈치채지 못하게 내가 행동을 잘한 것이라는 말로 들려서 뿌듯했다. 둘 다 괴로운 것보단 한 명이라도 마음 놓고 푹 잤으니 된 거다. 만약에 부모님이 이혼하기 전 상황으로 되돌아간다면 나는 어떤 결정을 할까? 설득 심리학에 관련된 책을 좀 찾아 읽으면서 엄마가 좀 더 일찍 이혼할 수 있도록 영업할거다! 혹시라도 이 글을 나의 친부가 읽게 된다면 경찰이 된 남동생이 힘없이 늙어 가는 누나를 보호해 주었으면 좋겠다.

할머니와 나

2017년도 엄마가 암 수술을 받고 회복을 위해 병원에 입원해 있을 때였다.

"있잖아. 엄마, 내가 없었으면 엄마는 진즉 아빠랑 이혼했었겠지? 그랬으면 이렇게 몸속에 암 덩어리도 안 생겼을 거야."

"무슨 그런 쓸데없는 소릴 해? 너 없으면 지금 엄마 병간호는 누가 해주냐?"

"그건 그렇지. 아들보다 든든하지? 그래도 이럴 땐 참 내 위로 오빠가 있었으면 어땠을까 싶어. 왜 내가 장녀인 거야, 정말."

"있었어. 유산돼서 그렇지."

"유산?"

엄마가 나 이전에 아이를 가진 적이 있다는 사실을 들었던 그날 밤은 유독 길게 느껴졌다. 나는 지난날 친할머니가 남동생과 나를 대놓고 차별하며 내게 모질게 굴었던 행동들의 이유가 혹시 손자가 죽어서가 아닌가 생각해 보았다. 퍼즐이 맞춰지면서 소름이 돋았다. 집안의 경조사를 쫓아다닐 때마다 자주 듣던 말이 있었다.

"니가 다정이라고? 이야! 엄청 예뻐졌네! 어렸을 땐 진짜 못생겼었는데!"

어렸을 때 못생겼다는 말을 하도 많이 들어서 나는 엄마에게 투덜거린 적이 한두 번이 아니었다. 그럴 때마다 엄마는 진짜 못생겼었다며 내가 태어난 지 백일 지나고 엄마의 순산을 축하해 주러 온 사람들 대부분이 내가 여아인 줄 몰랐다고 친절하게 설명을 덧붙여 주었다. 그 중에는 내가 엄마 배 속에 있었을 때부터 배가 불러오는 모양을 보신 어르신들도 계셨는데, 무조건 아들이라고 장담하셨다가 김빠진 표정을 지으셨다고 했다. 동네 어르신들은 내 위로 오빠가 있었다는 사실을 모르는 상황에서도 아쉬워하셨는데, 친할머니는 손주가 유산된 이후에 여자아이가 태어났으니, 예뻐 보였을 리가 없다. 친할머니는 출산하느라 애썼다는 말도 해 주지 않으셨단다. 기저귀를 갈 때마다 옆에서 "하나 달고 나오지. 하나 달고 나오지."라는 말만 타령을 부르듯 반복해서 엄마가 스트레스를 정말 많이 받았다고 했다.

엄마 아빠가 서류상으로 이혼을 한 이후, 엄마는 자꾸 나타나서 행패를 부리는 아빠를 피해 엄마의 큰오빠가 거주하는 충남 보령시로 이사했다. 표현을 좋게 해서 이사였지, 사실상 피신이나 다름없었다. 남겨진 남동생과 나는 아빠가 하려던 사업이 잘되지 않게 되면서 이전보다 작은 집으로 이사를 했고, 아빠는 일 때문이라는 핑계로 집에 들어오지 않는 날이 더 많아졌다. 아빠를 대신해 나와 남동생을 위해서 많은 분이 끼니를 챙겨 주셨다. 친할머니를 필두로 아빠의 친구라고 하는 여성분들과 가정부라고 본인을 소개하긴 했지만, 수상한 분들까지…. 요리 잘하는 남자 사람이 온 적은 단 한 번도 없었다. 이런 흐름이 세 번 정도 반복되었을 무렵 아빠는 아예 나와 남동생을 친할머니 집에 맡겨 두고 사라졌다. 아빠가 집을 비우고 나와 남동생과 할머니 세 사람이 한 지붕 아래에서 함께 지내는 생활이 반복되던 어느 날 친할머니가 나를 뚫어져라 응시하더니 갑자기 맥락도 없이 짜증 섞인 목소리로 말했다.

"넌 어쩜 클수록 네 엄마를 쏙 빼닮니?"

한창 마음에 폭풍우가 몰아치는 중2 때 들었던 말인지라 잊히지도 않는다. 이 한 문장이 어찌나 차갑고 날카롭게 들리던지. 그 말에 아무런 대꾸도 하지 못했던 게 너무 억울하다. 친할머니에게 나는 하나 달고 나오지 않은 아쉬운 존재 그 이상의 '미운 존재'였던 거다.

닭 다리를 뜯어서 남동생에게만 놓아주는 행동도, 달걀 프라이를 하더라도 동생에게만 맛있게 먹으라고 말하던 것도, 남자는 어디 가서 기죽으면 안 된다고 당신의 쌈짓돈을 꺼내가면서까지 남동생 학원을 보내 주는 등…. 이 모든 행동이 나는 그저 할머니에게 남아선호사상이 깊게 박혀 있기 때문이라고 생각하며 이해해 보려 했었다. 하지만 할머니는 진심이었던 거다. 그날 이후, 나는 할머니와 함께하는 식사 자리가 불편해 자주 체했다. 동생이나 아빠 없이 할머니와 단둘이 집에 있을 땐 집이라는 공간이 지옥으로 변했다. 점점 등교 시간은 빨라지고 하교 시간은 늦어지기 시작했다. 내가 좋아하는 아이돌 그룹 신화가 컴백하는 시기에는 그것을 핑계로 아빠에게 허락받아 일주일에 4번은 방송국으로 달려갔고, 방송국에 갈 일이 없을 땐 친구들과 놀거나 도서관 문 닫을 시간까지 버티다가 집에 들어갔다. 이러한 생활을 지속하다가 대학교 진학을 두고 생각이 복잡해지던 고1 어느 날, 곪을 대로 곪아 버린 할머니를 향한 나의 감정의 골이 터져버렸다.

"여자가 무슨 대학이여! 공장 취업해서 미싱이나 배워! 미싱!"

나는 할머니를 주먹으로 때렸다. 내 입에서는 온갖 욕설이 난무했다고 하는데, 기억이 없다. 할머니와 남동생 둘 중 누가 아빠에게 전화해서 일렀는지는 모르겠지만 갑자기 아빠가 내 이름을 크게 외치며 현관문을 벌컥 열고 들어오더니 곧장 주방 싱크대 밑 수납장을 열어 프라이팬을 오른손에 들고 내 앞에 섰다.

"너! 할머니한테 왜 욕했어! 왜 때렸어!"

내 이야기는 들어 보지도 않고 취조부터 하는 아빠의 고함소리가 너무 시끄럽고 동네 창피하게만 들렸다. 나는 두 눈을 똑바로 뜨고 아빠의 눈을 응시했고, 목소리는 최대한 차분하게 할머니가 내게 어떤 말을 했는지 상황을 설명했다. 그리고 아빠의 엄마를 때린 건 정말 잘못했다고 인정했다. 그런데도 프라이팬을 든 아빠의 손은 내려올 기미가 보이지 않았다. 나는 진짜로 내가 아빠한테 하고 싶은 말을 차분히 이어 나갔다.

"있잖아. 아빠, 아빠는 나를 때릴 자격이 없어. 딸이 공장 취업하라는 소리를 듣는 동안 뭐 했어? 아빠, 나 할머니랑 정말 같이 살기 싫어. 할머니는 내 인생을 진심으로 걱정해 주지 않아. 내 또래 애들 중에 미싱 공장에 취업이나 하라는 소릴 들은 애들이 또 있을까?!"

그 이후 아빠는 세 식구만 따로 살 만한 월세방을 빠르게 구했고, 나는 절대 할머니가 집에 찾아오지 못하게 해 달라는 약속을 받아냈다. 나는 할머니의 바람대로 살기 싫었다. 악착같이 공부했고 아빠가 내 대학 등록금을 내 줄 형편이 못 되어도 학자금대출을 받아 대학에 다녔고, 학과 성적우수자로 졸업했다.

친할머니는 노년에, 치매에 걸렸다. 그래도 찾아뵙는 게 도리 아니냐는 아빠의 아우성에 정말 오랜만에 찾아뵈었지만, 나를 알아보지 못하셨다.

"아줌마는 누구세요?"

그렇게 할머니는 당신의 머릿속에서 손녀의 존재를 지우셨고 내가 코로나 확진자가 되어 자가 격리를 하는 동안 돌아가셨다.

설한풍 속 매화꽃처럼

"아빠. 다음 학기 학자금대출을 받아야 하는데, 문제가 생겼어요. 지난번에 빌려 가신 100만 원이요…. 혹시 내일까지 돌려주실 수 있나요?"

"여태까지 너 키워 줬던 걸로 퉁 쳐. 전화하지 말고."

얼마나 나를 향한 배신감과 한을 갈아 넣었는지 아빠의 목소리와 말은 차갑다는 표현으론 부족했다. 설한풍이 내 귓구멍을 거칠게 파고들어 심장이 얼어붙는 거 같았다. 산 넘어 산이라는 표현을 이럴 때 쓰는 걸까?

더 이상의 최악은 없을 거라고 믿었는데 아니었다. 20살 성인이 된 이후로 아빠에게 엄마를 만나러 갈 거라고 선포한 대가가 이렇게 혹독할 줄이야. 학교에서 면접교섭권을 배웠다고 배운 티를 냈던 게 잘못이었을까? 아빠의 유치함의 끝을 봄과 동시에 벼랑 끝에 내몰린 기분이었다. 점점 판단력이 흐려졌다. 생을 마감하는 사람들이 이런 심정

아닐까. 쓰라린 눈물이 흘렀다.

'오늘 갈까, 내일 갈까.' 그 생각으로 가득했던 어느 날 매화꽃에 대한 글을 읽게 되었다. 매실나무에 피는 매화꽃은 초봄이 오기 전 2월에서 3월까지 피는데, 설한풍에도 피어나는 생명력이 있는 꽃이라고 말이다. 내 머릿속이 어느 정도 정리가 되었을 무렵 내 마음에도 매화꽃이 피어나기 시작했다. 스무 살 성인이니까 내가 직접 일을 해서 돈을 벌어 보기로 결심했다. 학교 수업이 끝나고 학교 근처 알바를 구하는 곳에 연락해서 알바 비용을 선불로 받을 수 있는지 알아보았는데 뭘 믿고 선불로 돈을 주냐는 답만 돌아왔다. 난생처음 받아 보는 거절이 헤어진 전 남친과의 이별보다 아팠다. 근처 학교에 다니는 재학생이라는 어필도 먹히지 않았다. 그러다가 같은 과 동기가 본인이 알바를 하던 식당 사장님께 내 상황을 이야기해 주어서 알바 비용을 선불로 받고 일을 할 수 있게 되었다. 학자금대출 문제를 잘 해결하고 졸업 전 필수로 해야 했던 인턴 실습도 무사히 마쳤다. 졸업 후 나는 엄마 집으로 이사를 했고 그토록 먹고 싶었던 엄마 밥을 매일 먹었다.

내 인생에도 봄이 왔다고 마음 놓고 살았는데 엄마가 암에 걸려 버렸다. 그것도 한 번이 아닌 두 번. 2019년도에 엄마가 두 번째 암 수술을 했을 때 어떤 분은 엄마 나이가 젊어서 암세포들도 건강한 탓에 전이가 빠르게 된 것이라면서 내게 마음의 준비를 해 두라고 말했다. 불안한 마음은 컸지만, 왜 아빠를 향한 미운 마음이 깨어났던 걸까? 엄마는 억지스러운 내 마음을 주기적으로 다독여 주었다.

"딸, 화내지 마. 엄마가 건강관리를 못 해서 그런 거야. 아빠 때문이라고 우기기에는 엄마가 이혼을 너무 오래전에 하지 않았니?! 엄마는 우리 딸이 대학교 산학협력단에서 취창업 연구원으로 일했던 덕분에 좋은 병원에서 좋은 의료혜택을 받았으니까 그냥 감사할래."

엄마의 몸속 암 덩어리는 수술로 잘 제거되었고, 내 마음속에 암 덩어리 같은 생각들은 엄마의 예쁜 말들로 잘 제거되었다. 나만 매화꽃 같은 정신력을 가지고 있는 줄 알았는데, 그 엄마에 그 딸이라고 엄마 정신력이 더 엄청났다. 두 송이의 매화꽃이 더 생명력 있게 피어나기 위해 몸부림치듯 엄마와 나는 한 팀이 되어 몸부림쳤다. 우리는 살아 있다는 것에 감사하며 야무지게 추억을 쌓았다. 그중 한 가지는 엄마가 병원 밥이 맛이 없다고 투정을 부리길래 엄마가 가장 좋아하는 음식 메뉴인 곱창을 밖에서 몰래 사다가 엄마를 먹였던 것이다. 학교 다닐 때 수업 시간에 책상 밑에 넣어 두고 몰래 먹는 간식이 맛있던 것처럼 너무나 맛있게 먹는 엄마를 보니 행복했다. 그 후로도 나는 계속 내가 먹으려고 사 온 음식인 것처럼 위장해서 열심히 엄마가 좋아하는 음식을 사다 먹었다. 그런데 아이러니하게도 엄마의 건강이 더 좋아졌다. 음식 때문이라기보다는 몰래 먹는 상황이 재미있어서 많이 웃었던 덕분이지 않았을까 하고 조심스럽게 예측해 본다.

2024년 청룡의 해는 용띠인 우리 엄마의 해다. 2024년 10월 21일. 엄마가 재수술받고 항암치료를 한 지 5년이 지났다. 그리고 엄마와 나는 완치판정을 받는 마지막 검진 날을 기다리고 있다. 올해는 건강해진 엄마 덕분에 덩달아 나도 정말 많이 바빴다. 외가 쪽 경조사도 활발하게 참여했고 집으로 찾아와 주시는 엄마 친구들도 맞이했다. 덕분에 명절에 피하고 싶은 덕담을 많이 듣고 있다. 그중에는 질문의 의도를 알 수 없던 질문도 있었다. "우리 딸이 애 셋을 낳을 동안 넌 뭐 했니?"였다. 아무리 곱씹어 봐도 질문이 이상하다. 애 셋은 안 낳고 있어도 학원 수학 강사가 되어 매일 30명 이상의 대한민국의 미래 인재들을 지도한다고 답했어야 했을까.

쉼표다운 쉼표도 제대로 못 찍어 본 날이 더 많았다. 뭘 많이 했으면 했지 하루를 의미 없이 보낸 적이 없다. 엄마의 수술로 퇴사한 후에도 새로운 지역에서 엄마의 완치를 위해 잘 살아내는 데 6년을 집중했다. 시간의 흐름대로 내 몸에 붙어 있는 장기들과 살가죽은 자연스레 늙었다. 사람들 눈에는 내가 30대 노처녀로 보이는 게 당연하다. 하지만, 내가 애를 낳는 활동을 하지 않아도 대한민국 미래에 도움 되는 좋은 어른으로 성장할 테니 엄마 옆에 붙어 있는 나를 손가락질 하진 말아 줬으면 좋겠다. 내가 오랜 시간 동안 설한풍 속에서도 지지 않고 피어 있을 수 있었던 이유가 엄마라서 엄마랑 살고 있어도 엄마가 그립다. 지금은 그저 완치된 엄마가 오래오래 내 곁에서 건강하게 피어 있어 줬으면 좋겠다.

이
지
연
작
가

가슴에 품고 있던 가족도 가족이었고
지금 사랑하는 가족도 평생 함께할 가족이다.

오늘이 마지막이래, 할머니

고향 같던 할머니 묘지를 더 이상 찾아갈 수 없게 되었다.

부모님의 이혼으로 탯줄도 떼지 못한 나를 애지중지 옥이야 금이야 하며 정성스럽게 나를 키우셨던 할머니와 막내 고모는 나에게 있어 부모의 존재다.

중2 겨울방학쯤 중풍(뇌졸증)으로 쓰러지시더니 중3 되던 3월 새싹이 살금살금 올라오는 봄에 그렇게 나를 남겨 놓고 떠나셨다. 어린 나는 죽음을 받아들이지 못하고 우울함으로 하루하루를 보냈지만, 어느 누구에게도 들키지 않으려고 애써 감추며 학창 시절을 보냈고 매 순간 할머니 생각에 울기만 했다. 혼자라는 생각에 세상과 타협 못 하고 죽음이란 생각까지 떠올리며 여러 번 죽을 작정을 했지만, 그때마다 할머니의 목소리가 들리는 것 같아 옥상에 올라갔다가도, 수면제를 한 움큼 쥐었다가도 울며 놓았던 학창 시절…. 사춘기는 나에게 사치였고 온몸이 할머니의 그리움만이 나를 잡고 있었다. 평생 말하지 못했던 한마디….

"할머니, 사랑해요." 이 한마디가 뭐가 그리 힘들었다고 말 못 했을까? 이제 와서 하늘 보며 말한다. "할머니, 사랑해요. 우리 하늘에서 꼭 만나자! 알았지. 보고 싶어." 지금도 할머니 생각하면 눈물이 먼저 앞선다.

몇 해 전 막내 고모에게서 전화가 한 통 걸려 왔다. "지연아, 할머니, 할아버지 묘 이제 이장해서 뿌려 드리자. 다들 떠났고 나 혼자 남았는데 나도 언제까지 올 수 있을지 모르잖니? 내가 살아 있을 때 묘지를 정리하는 게 맞을 것 같아.", "괜찮겠지? 내가 말하는 게 서운하니?" 마음의 준비는 하고 있었지만, 막상 현실 앞에 다가오니 서운하고 눈물이 났다. 전화선으로 들려오는 고모 목소리가 이날 따라 듣기 싫었다. 아무런 말도 하지 못하고 울기만 했다. 육 남매 중에 고모 혼자 살아 계시기도 하지만 고모 살아 있을 때 부모 묘지를 정리하고 싶은 맘은 누구보다 더 잘 알고 있다. 그러나 나에게는 할머니 묘지가 고향이고 친정집 같은 곳이었다.

고모의 나지막한 목소리가 전해졌다. "지연아, 미안해." 수화기 너머고모가 흐느끼는 소리가 들렸다. 고모는 우셨다. 꽃 피는 봄에 이장하기로 한 계획은 가을로 미뤄지면서 잠시나마 기뻤다. 좀 더 옆에 계실거란 기대로 말이다.

고모에게 전화가 왔다. "지연아, 10월 둘째 주에 이장하기로 했어."
순간 가슴이 덜컹했다.

잠시 잊고 있었는데 이젠 정말 떠나보내야 하는 시간이 다가왔다고
생각하니 가슴이 먹먹했다. 이장하기 전 주말에 할머니에게로 갔다.
가을이라 그런지 주변의 나무들도 꽃들도 너무 예쁘게 피었고 잠자리
가 날아다녔고 메뚜기도 뛰어다녔다. 할머니 묘 위에 노란 작은 꽃도
피었다. "할머니, 오늘이 마지막이래. 더는 할머니에게 못 온대…. 서
운하지 않지. 그런데 나는 슬퍼. 아직 할머니랑 헤어질 준비가 안 됐나
봐. 어쩌지."라며 숨죽여 울었다. 내가 슬퍼하면 고모가 슬퍼할까 봐
소리 내어 울지 못했다. 가을 햇살이 눈부시게 예쁜데 내 마음은 먹구
름 속에 태풍이 몰아치는 것처럼 요동을 쳤다. 묘지에 묻혀 있는 흙을
한 움큼 쥐었다. 할머니를 잊고 싶지 않은 마음이었을까? 수건에 곱게
담았다. "할머니 나 이제 가요. 다음 주에 가족들이 와서 할머니 고향인
이북으로 자유롭게 가시라고 이장한대…. 할머니 내가 끝까지 못 지켜
드려서 죄송해요. 할머니 사랑해요." 마지막 인사를 하고 울산으로 출
발했다.

서울에서 울산까지 5시간. 운전해야 했지만, 나에게는 마음 정리할
수 있는 시간이라 여겼다. 할머니와의 즐거웠던 일, 속상하게 했던 일,
고마웠던 일들을 떠올리며 음악과 함께 달렸다. 이상한 일이 생겼다.

할머니 목소리가 귀에 맴돌았다. "나는 항상 네 옆에 있어. 슬퍼하지 마라, 사랑하는 아가야." 순간 놀랐다. 옆자리에 할머니가 앉아 있는 줄 알고 옆자리를 바라보았지만, 할머니는 안 계셨다. 나도 모르게 "할머니, 나도 할머니 사랑해."라며 말하고 있었다. 심장이 뛰면서 흥분하기 시작했다. 휴게소에 잠시 들어가 차를 세웠다. 지금 상황을 정리하지 않으면 안 될 것 같은 기분이었다.

할머니의 마지막 인사였을까? 슬퍼하며 운전하는 손녀가 걱정돼서일까? 이렇게라도 할머니를 느낄 수 있는 것만으로도 감사했다. 마음을 진정하고 다시 울산으로 향했다.

다른 날과 달리 5시간을 운전했지만, 전혀 피곤하지 않았다.

손수건에 곱게 담아 온 흙을 작은 유리병에 담아 내 옆 가까운 곳에 올려 두었다.

할머니가 보고 싶을 때 찾아갈 수 있었던 곳은 이제 못 가지만 병에 담긴 할머니 흔적을 보며 그립고 보고 싶을 때 만지작거리며 바라본다.

할머니와 그렇게 헤어지고 나는 바쁘게 일상을 살아왔다. 어쩌면 잠시라도 잊고 싶었을지도 모른다. 아니 잊으려고 애쓰며 하루하루를 지냈는지도 모른다.

그러나 그것도 잠시 문득 할머니가 생각났다. 늘 그렇듯 내가 어떤 모습으로 찾아오든 포근하게 반겨 주는 밤하늘을 찾아 바닷가로 향했다.

어둠에 깔려 작고 반짝이는 별을 만나기 위해 불빛이 적은 곳을 찾아 한적한 곳으로 찾아 들어갔다. 가만히 서서 하늘을 올려다보며 별들에게 말한다. "할머니, 오늘은 어떻게 지냈어?", "난 그럭저럭 하루를 잘 지낸 것 같아. 오늘은 할머니가 보고 싶어서 찾아왔어."라며 혼자 별들과 이야기를 나눈다. 속마음을 털어놓고 한참을 바라보고 있노라면 내가 하늘에 떠 있는 솜깃털처럼 가벼워진다. 별 중에 가장 크고 빛나는 별을 할머니라고 생각하며 지내 왔고 그 별을 찾아 할머니와 이야기를 나눈다.

그리운 할머니, 언제나 마음속에 자리 잡아 나와 함께 하는 우리 할머니, 사랑합니다.

지구상에서 사라진 아버지

아버지와 인연을 끊고 산 지 오래다. 기억조차도 희미해진 아버지는 나에게 이름 석 자만이 가슴에 남아 있다. 봄기운이 물씬 풍기는 4월, 어느 날 전화 한 통이 걸려 왔다.

"화잠 주민센터입니다. 이고운 씨 아십니까?" 아련하게 남아 있는 이복 여동생 이름이었다. 곧바로 "이정남 씨 아버님 맞으십니까?" 순간 무슨 일이 생겼다는 느낌이 뇌리를 스쳤다.

"이정남 씨 사망하셨습니다. 이고운 씨가 언니 전화번호를 가르쳐 달라는데, 마음대로 할 수 없어서 이렇게 전화를 드렸습니다. 전화번호 알려 줘도 되겠습니까?"라며 정중하게 묻는다.

잠시 후 동생과 통화를 하며 아버지 사망 소식을 듣고 바닥에 주저앉았다. 세상이 하얗게 보였다. 혼이 빠져나간 듯 축 늘어진 몸과 정지된

뇌가 꼭 숨만 쉬고 있는 송장 같았다. 겨우 힘을 내 남편에게 전화했고 서울 가족(아버지 형제들)에게 전화했다. 곧바로 장의사 친구에게 소식을 알리며 마지막 길 부탁하였다. 친구는 모든 일을 접고 밀양에서 서울까지 달려가겠다며 나를 안심시킨다. 아버지의 사망 소식은 모두를 놀라게 했다. 나는 슬픔보다 허탈감이 더 크게 다가왔다.

"죽기 전에 나에게 미안하다고 해야지." 아버지가 원망스러웠다. "그렇게 말없이 떠나면 난 누구에게 원망을 퍼붓는데…." 화도 치밀었다. 그러다가 눈물도 나왔다. 미안했다. 부모를 버린 자식 같아서 죄스러웠고 멀리서라도 잘살고 있는지 찾아가 볼걸. 후회가 밀려왔다.

정지된 시간이 어느 정도 흘렀을까 놀란 남편도 퇴근하고 아이들도 집으로 왔다.

우리는 눈인사뿐 아무 말 하지도, 걸지도 않았다. 옷가지를 챙겨 서울로 향했다. 가는 내내 나와 가족은 한마디도 안 했다. 남편이 말을 건다. "아버님, 편히 가시게 잘 모시자." 아무 말도 귀에 들려오지 않았다. 장례식장 도착하니 동생과 동생 남편만이 빈소를 지키고 있었고 얼마 후 가족들이 찾아와 텅 빈 빈소를 가득 메웠다.

정신을 차리고 동생과 얘기했다. 나를 어떻게 찾았는지, 아버지 병세에 관해 물으며 그동안 어떻게 사셨는지를 듣다 보니 가슴이 매어지듯 아팠다. '병원에서 환자 가족을 찾을 수 있을까?'라는 기대로 침대 밑 오래된 수첩을 발견했지만 찢겨 나간 흔적뿐 아무것도 없었다고 한다. 동생이 수첩을 펼치는데 반 토막 난 종이 위에 내 이름 반쪽이 적혀 있었다고 한다. 언니 연락처가 아니었을까 추측했고 주민 지역 센터에 도움을 요청하여 이렇게 만날 수 있게 되었다고 한다. 친정 가족들도 동생을 처음 만나는 날이었다. 모두 놀라 말을 잇지 못했다.

동생 역시 가족이 있을 거란 생각을 못 했다고 한다. 아버지가 한없이 원망스러웠다. 딸이 있었음에도 지금까지 숨기고 있었다는 생각에 화가 치밀어 올랐고 동생에게 미안했다. 우린 그렇게 짧은 시간이지만 함께할 수 있었다.

남편이 먼저 말을 건다. "장례식비 우리가 책임지자." 그 말이 얼마나 고맙던지. 울컥했다.

친구 역시 마지막 가시는 길 누구보다 화려하게 할 테니 속상해하지도 미안해하지도 말라며 위로한다.

아버지 모습을 임관하면서 처음 봤다. 신성일 영화배우와 똑같이 생겨 어릴 적 "아빠는 왜 TV 안에 있어."라며 신기했던 적이 있다. 그만큼

잘생겼던 분이 늙고 늙어 흰머리와 앙상히 뼈만 남아 있는 얼굴과 몸을 보는 순간 또 아팠다. 마지막 길을 배웅하고 동생과 마지막 인사를 나눈 후 쓸쓸히 뒤돌아 오는 차 안에서 바라보는 하늘은 구름 없는 파란 세상이다. 만약 구름이 많았다면 아버지가 가는 길이 힘겨웠을 텐데 구름 한 점 없는 파란 하늘이라 편히 가실 수 있겠다고 생각하니 그나마 마음이 편했다.

아버지 삶을 가만히 느껴 보았다. 양가 어른들의 결정으로 원하지 않는 결혼과 동시에 청춘은 산산조각이 났고 방황하기 시작했던 아버지. 그 마음을 누구 하나 헤아려 주지 않은 채 책임감만 강요했던 어른들이 아버지는 얼마나 원망스러웠을까? 방랑자가 되어 자유롭게 사셨던 아버지는 나이가 들면서 딸인 나를 애타게 찾고 싶었을지도 모른다. 낡은 수첩 속에 내 이름이 새겨져 있었다는 말을 듣는 순간 아버지의 마음을 조금이나마 헤아릴 수가 있었다. 아버지에게 원망과 함께 미안했다.

어린 나를 혼자 두고 떠난 아버지를 원망했을 뿐 그 마음을 이해하려고 하지도 않았다. 부모 모두 나를 버리고 떠났기에 단 한 번도 찾을 생각을 안 했던 나였고 오히려 삶에 걸림돌이 되는 귀찮은 존재로만 여겼던 나다. 내 삶에 걸림돌이 되고 흠이 되는 아버지가 싫었다. 결혼해서 시댁에 흠 잡히는 것도 싫었고 아버지 없어 저런다는 말을 듣는 것도 싫었으며 경제적으로 어려움을 토해내며 뒷바라지하는 것도 싫었다.

초등 저학년 때까지는 간간이 집에 오던 아버지는 고학년이 되면서 아예 오시지 않으셨다. 늘 그리웠고 보고 싶었던 아버지였지만 잊고 살아야 했고 결혼해서 신혼 때쯤 이복동생 호적 문제로 나를 찾아오셨다. 몇십 년 만에 만난 아버지였지만 반갑기보다 원망스러웠다. 이복동생을 호적 없이 세상에 존재하게 할 수 없어 호적 정리를 해 줬고 그렇게 또 헤어져 살던 어느 날 서울 ○○구청에서 연락이 왔다. 이정남 씨, 아버님 맞느냐는 전화를 받고 한숨이 저절로 나왔다. 가슴 아프지만 아버지를 책임지고 싶지 않았고 구청 직원에게 아버지를 책임질 수 없다는 탄원서를 제출하고 그렇게 또 몇십 년을 살아왔다. 처음 만나는 어린 동생을 내가 먼저 손을 놓아 버렸지만 가끔은 아버지와 이복동생 소식이 궁금했다. 잘살고 있는지 아픈 곳은 없는지 노숙자가 된 건 아닌지 여러 생각이 나를 복잡하게 만들었지만, 단 한 번도 찾아볼 생각을 안 했다. 오히려 '징그러운 인간. 빨리 죽기나 하지.'라며 저주를 퍼붓기만 했다. 아버지로서 책임감 없는 분이셨고 동거녀와 살면서 20년 차이 나는 이복동생이라는 아이를 만나게 했던 아버지였기에 말없이 죽길 바랐다. 아버지는 이미 내 마음속에서 죽은 사람이었다.

저주했던 그 마음 탓일까? 괜히 내 탓만 같다. 이렇게 마지막을 죽음으로 만날 거라 예상치 못했기에 아직도 마음 한구석이 뻥 뚫린 듯 허전하다.

이복동생의 간절한 요청으로 납골당에 안치했다.

찾아갈 일 없을 거라 다짐하고 또 다짐했지만, 천륜이란 이끌림에 서울 갈 때면 찾아가는 납골당…. 원망했던 마음이 아버지가 안치된 납골당을 찾아가 사진을 보고 있노라면 언제 그랬냐는 듯 마음이 녹아내린다.

초록색으로 물들어진 나무들과 잘 다듬어진 길은 마치 산책길을 걷는 것처럼 편안함을 안겨 준다. 그렇게 다녀오면 마음 또한 편안해진다.

아버지를 온전히 이해할 수는 없지만 하늘을 보며 아버지께 전한다. 더 이상 나에게 미안한 마음 갖지 말고 그곳에서는 원하는 삶을 마음껏 누리면서 함께하지 못했던 가족 만나 못다 한 이야기 나누며 지내시라고…. 딸로서 가까이 가지 못해 죄송한 마음으로 기도하고 마지막 인사를 했다. 아버지, 나도 더 이상 원망하고 미워하지 않을 테니 그곳에서 편안하게 지내세요. 마음 한구석에 남아 있는 아버지, 사랑합니다. 보고 싶습니다.

나이 56세에 사춘기가 시작된 남편

30년 전 우리의 만남은 시작됐다.

금오산 입구 큰 나무 밑에서 만나자는 약속만 남긴 채 궁금함의 갈증만 남겼던 그 남자. 바로 내가 사랑하는 남편을 만나는 날이었다. 노동운동을 한 시기였던 1992년 봄. 두 회사 연대하여 만난 우리는 연대 투쟁이라는 이름으로 1박 2일 워크숍을 진행했다.

이미 알고 있던 우리였기에 낯섦과 어색함은 없었다. 1년 선배를 이 남자와 연결해 주기 위해 작전을 짜고 전화번호를 받으며 사랑의 큐피드를 쏠 기회를 만들어 주기로 했다.

선배와 이 남자의 전화번호를 받아 전달하며 서로의 장점만을 이야기해 주면서 둘만의 시간을 위하여 우리는 서울과 울산의 거리를 좁혀나가게 했다. 둘만의 시간을 잘 만들고 있는가 싶었던 어느 날 남자는 나에게 매일 같은 시간인 밤 9시에 전화를 걸었다. 단순히 정보를 얻기 위함이라고 생각하고 무심히 넘기며 통화를 했으나 느낌적 느낌이랄까? 뭔가 이상한 기운이 돌기 시작했다. 선배와의 연을 맺기 위함이었기에 다른 감정을 전혀 느끼지 못했다.

그 느낌이 문제였을까? 남자에게 관심의 쏘라고 했던 그 화살이 선배에게 적중하지 못하고 나에게 쏘아졌다. 남자의 생각을 알고 선배에게 미안한 마음에 한동안 말을 못 하고 비밀리에 만남이 시작되면서 남자에게 궁금했다. "선배가 아닌 나였어?"라며 물었다.

"숏커트에 트레이닝 복을 입고 농구화를 신고 여자들 사이에 그것도 중앙에 서서 걷는 너를 보면서 우리를 못 믿어 남자를 데려왔나 했지." 그때는 당황스럽기도 했으나 은근히 화도 났었다고 한다. 그러나 점점 다가오는 모습이 여자였다는 사실을 알고 헛웃음을 지었다고 한다.

둘 다 무뚝뚝하고 말재주가 없었으며 장승 두 개가 나란히 서 있는 것처럼 표정도 없는 우리는 만날 때마다 뭘 해야 하는지도 몰랐다. 서울에서 울산까지 데이트하러 가는데 말이다.

싱거운 연애를 하던 1994년 여름, 뜬금없이 "우리 결혼할래?", "좋아, 하자." 누가 들어도 어처구니없는 쌍방의 개그 프러포즈다. 그해 10월

푸르름을 가득 안고 풍물 길잡이로 시작으로 우린 야외 결혼식을 올렸
다. 그 당시 흔치 않은 결혼식이었다.

가족이란 구성원 안에 두 아이가 태어났고 우린 또 다른 즐거움과 행
복으로 가족 울타리를 만들어 가기 시작했다. 그렇게 지내 온 지 30년,
살아오면서 누구나 마찬가지겠지만 굴곡진 고개를 수없이 넘어야 했
으며 거친 파도와도 싸워 견뎌야 했으며 땅속 깊이 파고들어 숨고 싶은
나날들이 많았다. 심장마비로 죽을 고비도 넘기면서 세월의 지혜, 삶
의 지혜가 차곡차곡 쌓여 더 이상 무서울 게 없는 단단한 우리가 되었
다. 아니, 내가 되었다.

무난하게, 그렇게 살아가려니 싶었다. 하나, 남편의 나이 56세가 되
자, 그에게 사춘기가 찾아왔다. 그는 변하고 있었다.

평상시에도 자상하고 NO라는 게 없는 남편, 잔소리 한번 없던 남편,
쇼핑을 좋아하지 않던 남편이 글쎄 변해 가고 있다. 무서울 정도로 급
속도로 말이다.

어느 날부터 쇼핑하기 시작하더니 멋을 부리기 시작했고 집안에 필
요한 물건들을 묻지도 않고 주문하기 시작한다. 필요 없다고 말해도
굳이 사고 만다. 이젠 잔소리하니 몰래 쇼핑한다.

갱년기 증상 중 하나로, 여가로 곧 끝나겠지 싶었지만, 여전히 사고 또 산다.

더 이상 잔소리는 소용없다. 남편을 지켜보다 자연스럽게 나도 필요한 물건이 있으면 남편에게 목록을 적어 보낸다. 잔소리보다는 쇼핑을 좋아하는 남편에게 즐거움을 주기로 했다.

택배가 쉬는 날 없이 온다. 이젠 택배기사가 우리를 알 정도가 되었다. 다른 집과 달리 여자가 아닌 남자가 쇼핑을 좋아하니 한편으로 편하다. 필요한 물건, 음식 등을 남편에게 신청하면 바로 도착하니 말이다. 여기서 끝나면 다행이다 싶었지만, 또 다른 문제가 생겼다.

평소에 안 하던 잔소리가 늘기 시작했다. 꼭 시어머니를 보는 듯한 느낌이랄까?

아이들도 나와 같은 생각을 한다. "엄마, 아빠가 잔소리가 늘었어. 안 했는데 왜 그러지?" 나와 아이들은 지금도 적응하느라 노력한다. 앞으로 더 하면 더하지, 덜하지 않을 거 같아서 걱정이다. 하루가 다르게 남편은 새롭게 달라지고 있다. 질투쟁이로 변신한 남편….

"너희는 엄마만 좋아해. 엄마만 선물 주고 나는 왜 안 줘."

농담인지 진담인지가 헷갈린다. 진에 없던 질투를 하다니…. 아이들은 아빠가 귀엽다며 웃지만, 옆에 있는 나에게는 시한폭탄이다. 또 어떻게 변신할지 모르기에 초조하고 긴장된다.

6년 후면 퇴직을 앞둔 남편이 사람들에게 선포한다. 나에게 묻지도 않고 말이다.

"내가 퇴직하면 아내 운전기사 될 겁니다.", "능력 있는 아내가 옆에 있어 퇴직해도 든든합니다." 30년이란 세월이 이렇게 달라질 수 있구나 새삼 느끼는 요즘이다.

차박을 하겠다며 모든 물품을 구매하고 한 번도 가지 못했다.

봄에 가자던 남편은 여름으로 미루고, 여름에 가자더니 더워서 쪄 죽는다며 안 된다고 하고 그러면 언제 가자는 말인지. 덕분에 아들이 잘 쓰고 있다.

긴 세월 함께하면서 이젠 친구이자 동지, 동행하는 남편은 언제나 그 자리에 머물러 있다.

가족을 아끼고 가족을 사랑하는 그 마음은 그 누구보다 따뜻하고 클

거다.

　지금처럼만 소소한 즐거움을 느끼고 잔잔한 사랑을 뿌리면서 은은한 뜨거움으로 함께할 남편과 아이들. 아들이라는 책임감과 무거웠던 짐, 가정의 가장으로 남편과 아빠로서의 든든함이 지금의 우리가 만들어졌다.

　남편의 갱년기를 우리는 사춘기라 부른다. 툭하면 삐치고 아들과 딸에게 "너희는 엄마만 좋아하고 엄마한테만 선물 주고…. 삐쳤어, 흥!" 같이 아쉬운 소리를 하고, 피부에 관심 없던 남편이 어느 날부터 화장품을 직접 사서 바르고, 젊어지고 싶은지 옷도 평상시와 다르게 입고, 평상시 조용했던 남편은 잔소리에 또 잔소리, 묻고 또 묻고 여자가 따로 없다. 아이들과 난 "이건 분명 갱년기 속에 사춘기가 스며든 거야. 너희 아빠 어쩌냐. 자꾸 애가 되어 가네…."라며 웃으며 말을 한다. 아이들은 "아빠, 귀엽잖아요. 안 하던 것들 하시는 거 보기 좋아요." 아이들까지 복장을 뒤집는 소리만 한다. 가만히 남편이 살아왔던 인생을 되짚어 보면 지금 마음 충분히 이해된다. 가족을 위해 애쓰며 살아왔고 하고 싶고 배우고 싶었던 모든 걸 포기하고 오롯이 가족을 위해 살아온 남편이기에 지금이라도 젊어지려고 하고 싶은 것들을 하는 모습이 보기 좋다. 늙어져 가는 남편의 손과 얼굴 그리고 흰머리, 젊었을 때 패기와 힘은 점점 사라지지만 가족이라는 울타리 안에 함께하기에 언제나 든든하다.

 아빠를 자랑스러워하는 아들과 딸이 있어 남편의 어깨는 든든할 것
이라 여긴다.

 퇴직을 앞둔 세월이지만 지금껏 잘 살아왔고 앞으로도 잘 살 거라는
거, 더불어 친구로 동지로 함께하는 가족이 있다는 거 하나만으로도 든
든하지 않을까 싶다. 자기야, 사랑해.

공지 사항 올립니다

"며칠 있다가 ○○ 간다. 준비해라."
"저 못 가요. ○○ 일이 있어요."

아이들이 성장하면 할수록 모두가 한자리에 모이기가 하늘에 별 따기만큼이나 어렵고 힘들다. 매번 일정을 맞추고 대화를 나누다 보면 상처받는 말도 오갈 때가 있어 여간 피곤한 일이 아니다. 다 같이 한자리에 모이면 좋겠지만 각자의 생활을 존중하기 위해 특별 조치를 취해야만 했다. 그건 바로…

"공지 사항 올립니다."

가족모임을 진행하려고 합니다.
참석 가능한 가족 일원은 댓글 달아 주세요.

일시: 20○○년 ○월 ○일

장소: 거실

참석/불참석 댓글 다십시오.

공지 사항 기능 덕분에 우리는 서로의 일정을 존중하며 대화의 깊이와 감정의 폭을 넓혀 갔다. 오히려 가족 간의 친밀감이 두껍게 쌓인 듯하다.

단, 중요한 모임은 어떤 이유에서든 무조건 함께하며 특별한 일 아니면 웬만하면 동행하는 조건을 걸어 공지 사항을 띄운다. 이렇게 서로의 일정을 조율하면서 가족이라는 울타리 안에서 보호받고 감정을 나눌 수 있어 좋다. 오래전부터 만들어 사용 중인 가족 톡방 덕분에 소통이 자연스러워졌다.

대학에 다니는 아들, 고등학교 기숙사 생활을 하는 딸 그리고 우리 부부는 각자의 생활로 인해 언제부턴가 따로 지내며 가족 톡으로 소통하며 지냈다. 약속을 조정하는 과정이 복잡해지고 감정적인 갈등까지 이어지는 모습을 보고 '공지 사항'이란 항목을 만들어 사용하기 시작했다.

단순한 일정 공유뿐만 아니라 남편을 위한 특별 공지 사항도 포함했다.

남편은 술자리가 끝난 후 종종 나에게 전화를 걸어 "지연아, 일산으로 와 줄 수 있니? 나, 술에 많이 취했어. 데리러 왔으면 좋겠어. 보고 싶어."라고 말한다.

신혼 때부터 늘 그래 왔기에, 바쁘지 않거나 늦게 귀가하지 않는 날에는 기분 좋게 남편을 마중 나가곤 한다.

남편은 미안한 마음에 가끔 손에 만 원짜리 한두 장을 쥐어 주었고, 돈이 없을 때는 오천 원도, 많을 때는 오만 원까지 줄 때도 있다.

그렇게 모은 푼돈이 연말에 돼지저금통을 열 때쯤 되면 몇십만 원이 모인다. 그러면 그 돈으로 저축하거나 사고 싶은 물건을 사는 작은 재미를 느낀다.

"공지사항 올립니다."

고객님, 택시 생각나면 언제든지 부르십시오.
상시 대기하고 있습니다. 저렴하게 모시겠습니다.
오늘부터 저희 차는 포인트 누적제도 도입으로 차후 보너스 차량
운행합니다.
많은 이용 부탁드립니다.

콜 번호: 지연기사 찾으시면 됩니다. 고객님 사랑합니다.♡

※ 쾌적한 환경과 최고의 서비스로 모시겠습니다.
※ 차량 운행비
　동구: 기본 1만 원(편도) 그 외 지역은 2만 원부터 고객님 많은
　이용 부탁드립니다.
※ 동행 탑승 시 추가 요금 별도 청구합니다.

　공지 사항 문구를 만들어 놓고 우리 가족은 한바탕 웃는 즐거움도 생겼다.

　우리 가족은 다른 가족들에 비해 조용하고 심심한 편이다. 여행을 가도, 외출해도 특별히 활기차기보다 차분한 분위기로 즐거움은 없다. 굳이 이미지 떠올리자면, 우리 집은 마치 잔잔하고 은은한 향을 풍기는 연꽃과 같으며, 때로는 사막처럼 고요하다. 에니어그램 성격유형으로 보면 우리 가족 모두가 "장형"에 속한다. 진취적으로 계획을 세우거나 정보를 찾는 성향은 없어, "어디 갈래?"라고 물으면 답은 하지만 먼저 계획을 세우거나 정보를 알아보는 사람이 없다. 각자 지내다 생각나면 "어디로 가기로 했잖아? 결정했어?"라고 묻고, 그에 대한 대답은 항상 "아니, 아직."이게 최선의 답이다. 그렇다고 게으르다는 건 결코 아니다.

우리 부부와는 달리 아들과 딸은 서로 의논하고 계획을 세워 여행지, 숙박, 먹거리와 볼거리까지 계획하면 우리는 그대로 따라간다. 활동적이지는 않지만 잔잔하게 즐거움을 만드는 우리는 그 안에서 즐거움과 행복을 느끼며 그 순간을 즐긴다.

강한 성격은 아니지만, 각자 고집이 있어 하고자 하는 일에는 최선을 다하고, 한번 시작한 일은 시간이 걸려도 끝까지 해내는 끈기 있는 가족이다.

우리 가족은 '공지 사항' 하나로 모든 걸 소통하며 사소한 일이라도 의논하고, 조율이 어려울 때는 공지 사항뿐만 아니라 투표로 결정을 내린다. 이렇게 민주적인 방법으로 서로를 존중하고 배려한 덕분에 지금까지 가족 간의 문제가 생긴 적이 없다.

이 과정에서 남편의 역할이 컸다. 언제나 예스(Yes) 맨으로, 아이들의 이야기를 끝까지 들어주고 중요한 문제에 있어서는 "엄마와 의논하고 나서 알려 줄게."라며 신중하게 결정하는 법을 가르쳐 주기도 한다. 아이들은 사춘기를 평온하게 보낼 수 있었고, 남편의 덕분에 아이들과 아빠 사이의 관계는 돈독하다.

다른 사람들은 아빠와 사이가 안 좋아 거리가 생긴다는 고민을 하지만 우리 집은 그와 반대로 아빠와 아이들의 관계가 질투 날 정도로 가깝다.

　우리에게 가족이란 많은 말을 하지 않아도 서로 이해하고 믿을 수 있는, 따뜻한 울타리와 같은 존재이다.

그 집 식구들의 비밀

ⓒ 김아름, 김진솔, 김현정, 류지연, 박미경, 박은정, 박현주, 서민영, 이다정, 이지연, 한혜화, 2025

초판 1쇄 발행 2025년 1월 24일

지은이   김아름, 김진솔, 김현정, 류지연, 박미경, 박은정, 박현주, 서민영,
            이다정, 이지연, 한혜화
펴낸이   이기봉
편집   좋은땅 편집팀
펴낸곳   도서출판 좋은땅
주소   서울특별시 마포구 양화로12길 26 지월드빌딩 (서교동 395-7)
전화   02)374-8616~7
팩스   02)374-8614
이메일   gworldbook@naver.com
홈페이지   www.g-world.co.kr

ISBN   979-11-388-3872-6 (03810)